"그럼 일등하고 말고
나 이겨낼 놈이 세상 천하에 있던가"

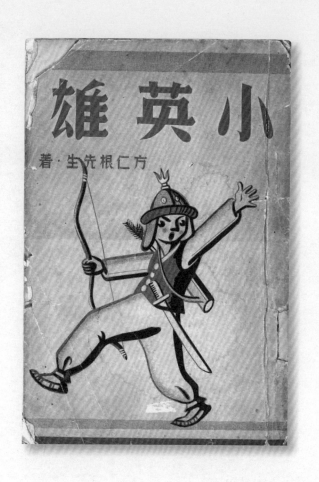

小英雄

著·生先根仁方

소영웅 초판본(1938) 표지

"아무데서나 자지,

　　산속이나 모래판에나 잘데 없을라구.

은 입 속으로 몰어 넣었다. 옥순이는 향긋한 과자 냄새
가 코를 찔러 입에서 침을 흐르게 할 때 못이기는 체하고
입을 버렸다. 그리고 방긋 웃었다. 막동이도 배가 몹
시 고프지만 만족하게 빙그레 웃었다. 그러나 그들의
얼굴에는 눈물이 마르지 아니하고 흘렀다.

15

인제는 촛불도 마지막 반 개가 거의 다 타 버리게 되
었다. 이 촛토막 마저 없어지면 눈을 빼는 것과 마찬가
지요 최후의 희망이 끊어지는 것이었다. 이 캄캄한 굴
속에서 꼼짝 못하고 죽을 것을 생각하니 정신이 아득하
였다. 초가 닳뜨라고 "빠지직" 하는 소리가 들렸다. 그
소리는 막동이와 옥순이 가슴을 칼로 쑤시는 것 같고
가슴이 바작바작 타들어가는것 같았다. 그들은 그 촛
불을 이 세상에 가장 귀하고도 위엄 있는 것처럼 보았
다. 그 다음 순간에는 그 촛불 처럼 가장 미웁고 원망
스러운 것은 없는 것 같기도 하였다.

"막동아 인제 우리는 아주 죽는구나!" 하는 옥순이
목소리는 눈물로 꽉 메인 목에서 겨우 빠져 나오는
것아었다.

"옥순아 설마 하느님이 우리를 죽이기까지야 하시
겠니"

막동이는 여전히 버티었으나 그것도 힘 없는 소리였
다. 막동이는 다시 조금 큰 목소리로

"우리가 무슨 죄가 있기에 죽겠니" 하고 말하였다.

"참말 하느님이 우리를 살려 주 으면!" 하고 옥순
이는 처량스럽게 말하였다. 촛불은 끔벅하였다. 그것이

"유돌아 저기 저 먼데는 무엇이 있을가.

　　한 번 가 보았으면.

　　　　　　　　　　저기 저 편에는 원산,

며칠 동안 모험하려고 일부러 떠나 왔는데"

하고 막동이는 태연하게 말하였다.

너이를 살려 주겠다는 표인지 죽이겠다는 표인지 알길
이 없었다.

"저 조그만 촛토막이라도 두어 둘가" 하고 막동이는
말하였다. "그까짓 것은 두어서 필히게 죽기야 마찬가
진데" 하고 쳐다보는데 벌써 촛불은 다 닳아서 죽 꺼
지고 말았다. 절벽에 딱 마주친 것처럼 캄캄하였다.

옥순이는 죽 엎드려 소리쳐 엉엉 울었다. 그 동안 오
래 참았던 울음이 봇물처럼 터져 나오는 모양이었다.
인제는 마지막으로 싫것 울기라도 해 보겠다는 모양이
었다. 그 울음 소리는 몸서리 날만치 처량하게 굴속에
울렸다. 막동이도 따라서 싫것 울고 싶은것을 꾹 참고
눈을 감은 채 정신을 더 차리려고하였다. 자칫하면 둘
이 다 미쳐서 정신 없이 될 것 같았다. 막동이는 입
설을 깨물며

"옥순아 정신 차려라"하고 흔들었다. 그러나 인제
는 옥순이순 아무 것을 분변 못하는 모양이었다. 다만
울음바다에서 헤매는 모양이었다. 막동이는 손으로 턱
을 바치고 어둠을 뚫고 생각을 오비오비 파 보았으나 아
무 계책이 나서지 아니하였다.

"아 하느님도 너무 지독하시다. 어쩌면 이렇게 꼼짝
못하게 하실까? 우리만 살려 주시면 세상에 나가서
정말 착한 사람이 되어 줄렌데!" 하고 막동이는 눈
앞에 하느님이 우뚝 서서 있기나 한것처럼 노려 보며
중얼거렸다.

"나야 죽이더라도 저 가련한 옥순이나 살려 주었으
면 좋지 아니할가?" 하고 막동이는 옥순이를 다시 흔
들어 울지 말라고 하였다. 너무 가엾고 불상해서 견딜

119

저기 저편에는 서울,   또 저 하늘끝에는 서양국,

그저 껑충 뛰고 날라서 모두 가 봤으면 좋겠지!"

이 캄캄한 굴속에서
밝은 세상의 모든 사람과 관계가 끊어지고

는 엄청나게 부지런하였다. 하로에 한 새도 쉬지 않고
일을 하고 공부하였다. 학교 성적도 늘 우등이고 운
동에도 선수였다. 그리고 학교에 있는 청년회 일이
나 에빠당의 일이나 무엇이나 팔을 벗고 열심으로 하
였다. 그래서 나이는 어리지마는 모든 일에 주장이 되
고 지도자가 되었다. 그것은 자연히 그렇게 되는 것이
었다. 다른 사람은 그런 일을 쓰레기처럼 내버리고 그
다지 열심으로 덤비지 않지마는 막동이는 그런 공공한
일이라면 하나도 빼지 않고 남이 내버리는 쓰레기 같
은 일이라도 꼭꼭 주어 담아 자기의 일로 만드는 것이
었다. 세상에 하고 남은 일, 쓰레기처럼 내버린 그 일
을 막동이는 주어서 모으는 재미를 가졌다. 그래서 막
동이는 쓰레기 같은 일을 모아서 부자가 된 셈이었다.
그러므로 다른 학생은 무슨 일에나 서투르고 그 내용을
모르지마는 막동이는 잘 아는고로 무슨 일이 생기면 막
동이에게 묻고 그 일을 그에게 맡기는 수 박에 없었다.
   심지어 학교 하인 들도 막동의 신세를 많이 졌다.
하학 한 후에 하인들이 소제를 하려면 몹시 바쁘고도
어려웠다. 막동이는 얼른 덤벼들어 도아주었다. 그러나
하인들은 눈에 떠우는데는 잘 소제하지마는 변소는 잘
닦드러하지 못하였다. 그것을 막동이는 틈틈히 남모르는
사이에 변소를 깨끗이 하였다. 그렇게 선생님이 늘 변
소에는 종잇조각을 내버리지 말고 글시를 쓰지 말라고
하지마는 언제 어느 학생이 그러는지 날마다 종잇조
각들이 널부러지고 변소에는 고약한 그림과 글씨가 많
았다. 막동이는 꼭 그 종이를 주어서 내버리고 나쁜 글
씨와 그림은 물수건을 가지고 가서 닦았다. 아무리 비

오직 둘만이 서로 죽어도 같이 죽고
살아도 같이 살며 도아주어야 하는것이

그들을 한없이 감격하게 하였다.

밀히 하는 일이지마는 차차 막동이가 이런 일을 하는
것을 한 학생 두 학생이 알게 되자 점점 많은 학생이 알
게 되었다. 그 뒤부터는 변소에 종이를 함부로 내버리기
나 글씨나 그림을 그리는 일이 딱 끊어지고 변소는 늘
깨끗하게 되었다.

이런 일이 한두 가지가 아니었다. 그리고 막동이는 고
학을 하지마는 꼭꼭 매월 저금을 하였다. 아무리 어려운
일이 있어도 그 저금은 절대로 찾아 쓰지 아니하였다.
그리고 몹시 검소하였다. 다른 학생은 모양을 내고 돈
을 함부로 쓰지마는 막동이는 일 전 한 푼을 쓸데없이 쓰
는 법이 없고 모양을 내는 일이 없었다. 그래서 모양내
고 건방지게 구는 학생들도 막동이를 보면 고개가 숙으
러지는 것이었다. 선생님까지도 막동이를 무서워하게
되었다. 그리고도 그 어려운 중에 돈푼이 생기면 자기
보다 더 어려운 고학생을 도와주는 것이었다. 그 천여 명
학생 중에 고학으로 어렵게 지내는 사정을 학생도 모
르고 선생도 모르지마는 막동이는 다 알고 조사하여서
그런 학생을 도와도 주고 어떻게든지 자기 힘으로 남
에게 말하여서 도움을 받게도 하였다.

그래서 어린 막동이 상급 학생을 누르고 학생청년회
부회장이 되었다. 이것은 천무무한 일이었다. 그가
연단에 올라서서 웅변을 토하면 모든 사람들은 감복
아니 할수 없었다. 그것은 말을 잘 함다느니보다 열성
이 있고 이상한 인격의 힘이 있는 까닭이었다.

막동이가 하루는 저녁을 먹고 운동화가 다해서서 하
나 사려고 거리에 나아갔다. 전짓불이 희미한 골목을
지나는때 앞에 무엇이 펀적하였다. 막동이는 얼른 가까

**"옥순아 걱정 말아라
설마 하느님이 우리를 살려 *주시겠지*"**

천진란만한 소년 소녀는
운동장으로 활발히게 뛰어 나왔다.
사막 같은 운동장에는
난데 없는 꽃이 활짝 핀 것 같았다.

한국근대대중문학총서 틈

〈한국근대대중문학총서 틈〉은 한국근대대중소설의 커다란 흐름, 그 틈새에서 잘 알려지지 않은 소설을 발굴합니다. 당대에 보기 힘들었던 과감한 작품들을 통해 우리의 장르 서사가 동트기 시작하는 모습을 볼 수 있습니다. 한국 문학의 새로운 지평을 서서히 밝히는 이 가능성의 세계를 즐겨주시기 바랍니다.

한국 근대 대중 문학 총서를
발 간 하 며

한반도에서 한국어를 사용하며 살아가는 우리는 언어공동체이면서 독서공동체이기도 하다. 김유정의 「동백꽃」이나 김소월의 「진달래꽃」과 같은 한국근대문학의 명작들은 독서공동체로서 우리가 기억해야 할 자산들이다. 우리는 같은 작품을 읽으며 유사한 감성과 정서의 바탕을 형성해왔다. 그런데 한편 생각해 보면 우리 독서공동체를 묶기가 그렇게 간단하지만은 않다. 누군가는 『만세전』이나 『현대영미시선』 같은 책을 읽기도 했겠지만 또 다른 누군가는 장터거리에서 『옥중화』나 『장한몽』처럼 표지는 울긋불긋한 그림들로 장식되어 있고 책을 펴면 속의 글자가 커다랗게 인쇄된 책을 사서 읽기도 했다. 공부깨나 한 사람들이 워즈워드를 말하고 괴테를 말했다면 많은 민중들은 이수일과 심순애의 사랑싸움에 울고 웃었다.

한국근대문학관에서 근대대중소설총서를 기획한 것은 이처럼 우리 독서공동체가 단순하지 않았다는 점에 착안했다. 본격 소설도 아니고 그렇다고 '춘향전'이나 '심청전'류의 고소설이나 장터의 딱지본 소설도 아닌 소설들이 또 하나의 부류를 이루고 있었다. 이는 문학관의 실물자료들이 증명한다. 한국근대문학관의 수장고에는 근대계몽기 이후부터 한국전쟁 무렵까지로 한정해 놓고 보더라도 꽤 많은 문학 자료가 보관되어 있다. 염상섭의 『만세전』이나 윤동주 의 『하늘과 바람과 별과 시』처럼 한국문학을 빛낸 명작들의 출간 당 시의 판본, 잡지와 신문에 연재된 소설의 스크랩본들도 많다. 그런 데 그중에는 우리 문학사에서 한 번도 거론되지 않았던 소설책들도 적지 않다. 전혀 알려지지 않은 낯선 작가의 작품도 있고 유명한 작 가의 작품도 있다. 대개가 그동안 잘 알려지지 않았던 작품들이다. 본격 문학으로 보기 어려운 이 소설들은 문학사에서는 제대로 다뤄 지지 않았던 것들이다.

한국근대문학관에서는 이런 자료들 가운데 그래도 오늘날 독자 들에게 소개할 만한 것을 가려 재출간함으로써 그동안 잊고 있었던 우리 근대문학사의 빈 공간을 채워넣으려 한다. 근대 독서공동체의 모습이 이를 통해 조금 더 실체적으로 드러나기를 기대한다.

다만 이번에 기획한 총서는 기존의 여타 시리즈와 다르게 작품의 내용을 이해하기 쉽게 하자는 것을 주된 편집 원칙으로 삼는다. 주 석을 조금 더 친절하게 붙이고 작품의 배경이 되는 시대를 이해하는 데 도움을 주기 위해 다양한 참고 도판을 충분히 활용하는 것이 한 국근대대중문학총서의 발행 의도와 방향을 잘 보여준다. 책의 선정 과 해제, 주석 작업은 전문가로 구성된 기획편집위원회가 주도한다.

어차피 근대는 시각(視覺)의 시대이기도 하다. 읽는 문학에서 읽 고 보는 문학으로 전환하여 이 총서를 통해 근대 대중문화의 한 양 상을 체험할 수 있도록 하자는 것이 기획의 취지이다. 일정한 볼륨 을 갖출 때까지 지속적이고도 정기적으로 출간할 예정이다. 앞으로 많은 관심과 애정을 부탁드린다.

인천문화재단 한국근대문학관

한국근대대중문학총서 **틈** 02

방인근 소설
유석환 책임편집 및 해설

소영웅

기획   인천문화재단 한국근대문학관

●흥시

- 방인근의 『소영웅』 초판본은 1938년에 아이생활사에서 출판되었다. 재판본은 문성당에서 1954년에 출판되었다. 이 책은 1954년 재판본을 저본으로 삼았다.

- 본문의 표기는 독자의 편의를 위해 현행 한글맞춤법과 외래어표기법에 따랐다. 다만 작품의 분위기에 영향을 준다고 판단되는 방언이나 구어체 표현 등은 그대로 두었다.

- 원문에서 한글과 한자를 병기한 경우 문맥 이해에 필요한 경우를 제외하고 모두 한글로만 표기했다.

- 작품의 작의나 분위기를 해치지 않는 선에서 불필요한 문장부호와 원문의 착오를 바로잡았다.

- 설명이 필요하거나 뜻풀이가 필요한 어휘의 경우 각주로 그 내용을 표기했다.

- 본문의 이해를 돕기 위해 본문 내용과 관련된 도판을 삽입했다.

『소영웅』은 조선 문단에 이름이 높은 춘해 방인근 선생이 소년 소녀 모험소설로서 1933년『아이생활』12월호부터 발표하기를 비롯하여 1935년 12월 만 2개년 동안 연재소설로 실렸던 것이다.

이 소설의 주인공 '막동'은 시골 농촌, 부모도 없는 가난한 소년으로서 한 분 할머님의 양육 아래서 동리에 있는 보통학교를 다니게 되었다. 그때부터 모험하기를 좋아하여 동무 유돌이와 박난양과 동반, 소녀 옥순이와 근처 하룻길을 가서 깊은 굴속에 들어갔다가 길을 잃고 사흘이나 굶으며 고생한 기록과 보통학교를 졸업한 후 서울로 뛰쳐 올라와 신문 배달부 노릇을 하며 고등학교를 졸업한 후 큰 뜻을 두고 외국에 공부를 떠나는 그 기록이다.

춘해 선생의 숙란(熟爛)한 붓 솜씨는 지루한 두 해 동안이나『아이생활』에 연재되는 동안에도 독자들은 조금도 지루해하지 아니하고 긴장과 초조 중에, 혹은 무시무시하여 넋을 반쯤 잃기도 하고, 때로는 통쾌한 기분에 기운이 으쓱한 적도 있고, 때로는 커다란 용맹과 결심에 쓸개가 더 커지면서 아수하게도◆◆ 어느덧 끝 편에 이른 것이다.

『아이생활』독자들로는 "방 선생님의 『소영웅』을 단행본으로 인쇄해 주셔요." 하고 발표하던 처음부터 졸랐었다. 그동안 여러 가지 사정으로 이날껏 끌다가 하늘 높고 밤 깊어지는 이때를 당하여 단연 여러 독자들의 요구도 요구이려니와 조선에 소년소설 창작으로 아직껏 이렇다는 저서가 없는 이때에 선생의 귀한 작품을 단행본으로 발행하여 썩썩한 우리 조선 소년 소녀들 앞에 고귀한 예물 삼아 본서 『소영웅』을 발행하게 됨을 실로 기뻐 마지아니한다.

병자년(1936) 가을 9월
아이생활사장 정인과(鄭仁果) 적음

◆ 정인과의 서언은 1938년 초판본에만 수록되었고, 1954년 재판본에는 빠져 있다.
◆◆ 아깝고 서운하게도

사랑하는 소년 소녀여!

이 조그마한 책을 여러분께 선물로 드립니다. 여러분의 귀여운 동
무로 삼아 주소서. 심심하고 갑갑할 때 장난감처럼 꺼내서 보시고
또 보시면 해롭지 않을 줄 압니다. 그러시면 나는 또 더 좋은 소설을
써서 둘째 번 선물로 여러분께 드리려고 합니다.

사랑하는 소년 소녀여!

여러분은 지금이 한창 시절입니다. 이 시절이 얼마나 인생에서 가
장 귀중한 황금시대(黃金時代)인지 모릅니다. 이 황금시대가 지나
면 백은시대(白銀時代), 그다음은 황동시대(黃銅時代), 그다음은
흑철시대(黑鐵時代), 이렇게 점점 나빠 갑니다. 그러니 이 황금시대
를 잠깐 지나는 아까운 시절을 잘 이용해서 좋은 글 많이 보고 굳은
결심으로 출발하여 성공하여야 합니다.

사랑하는 소년 소녀여!

여러분은 침울한 이 강산의 꽃입니다. 거친 이 땅을 개척할 용사
입니다. 이 소설 속에 있는 한 소년과 한 소녀의 본을 받아 여러분도
소영웅이 다 되어 주시고 그보다도 더 훌륭한 영웅이 되시기를 바랍

니다. 여러분의 앞에는 두 갈래의 길이 있습니다. 하나는 성공의 길, 하나는 실패의 길, 그것이 지금 여러분의 시절에서 시작되는 것입니다. 우리 선배라는 이들은 못난이가 많지만 제발! 제발! 여러분만은 잘난 이가 되어 주소서!

사랑하는 소년 소녀여!

하늘과 땅은 아름답습니다. 이 세상은 즐겁습니다. 결코 결코 슬퍼하지 말고 기운 없어 하지 말고 쾌활하게 나가소서. 그리고 무엇보다 정직하고 깨끗한 사람이 되소서. 그것이 첫째입니다. 정직하고 용감하면 그것이 참 영웅입니다. 용감해도 정직하지 못하고 깨끗지 못하면 그것은 영웅이 아닙니다.

그러면 이 조그마한 책으로 기둥 삼아서 이 몇 가지를 우리 서로 손잡고 약속하고 맹세합시다. 나는 아직 늙지는 아니했지만 이다음 수염이 허옇게 되어서 여러분이 어떻게 된 것을 볼 테니까 이 약속을 저버리지 마소서. 끝으로 이것은 마크 트웨인의 『톰 소여』에서 대부분 재료를 취한 것을 말해 둡니다.◆

방인근 적음

◆ 방인근의 서문 중 마지막 문장만 재판본에서 추가되었고, 나머지는 초판본의 서문과 동일하다.

- 막동이
  역경을 딛고 소영웅으로 성장해 나가는 소설의 주인공

- 유돌이
  막동이의 가장 친한 친구

- 옥순이
  막동이의 여자친구

- 이쁜이
  막동이의 여동생

- 할머니
  막동이의 친할머니이자 부모를 일찍 잃은 막동이와 이쁜이의 보호자

- 옥순이 아버지
  막동이가 사는 마을의 군수

- 옥순이 고모부와 고모
  서울에 사는 재력가로서 나중에 막동이의 후견인이 됨

1

붉은 해는 고요히 떠올라 와 평화한 이 동네를 빙그레 웃으며 비추었다.

이 동네는 금강산 줄기를 타고 내려온 아름다운 산 밑에 있었다.

이 동네 자그마한 집에서 요란한 소리가 난다.

"막동아!"

하고 늙은 할머니가 부른다. 아무 대답이 없으니 할머니는 한층 더 소리를 높여

"막동아!"

하고 불렀다. 그래도 대답이 없다.

"이 자식이 어딜 간 셈야? 얘, 막동아!"

할머니는 돋보기안경을 썼다 벗었다 하면서 사방을 두리번거린다. 이번에는 방 안에 있는 세간들도 깜짝 놀랄 만치 큰 목소리로

"요놈 봐라, 이번에 붙잡히기만 하면 단단히 경을 칠 테니."

하고 말하면서 빗자루로 장롱 뒷구석을 찔러 보았더니 고양이만 톡 뛰어나와서 야옹! 하고 쳐다본다.

"누가 널 찾았어! 막동일 찾았지."

하고 화를 벌컥 낸다.

"정말 그런 자식은 생전 첨 봐."

할머니는 이번에는 마당으로 내려와서 여기저기를 둘러보았다. 막동이는 그림자도 보이지 않는다. 그래서 할머니는 멀리까지 들리도록 턱을 쳐들고

"애, 막동아."

그런데 뒤에서 소리가 난다. 힐끗 돌아보니 막동이다. 할머니는 얼른 붙잡고

"이놈, 내 어쩐지 부엌에 숨지나 아니했나 했더니. 그래, 막동아. 대관절 부엌에서 뭘 했단 말이냐?"

"아무것도 안 했어."

"아무것도 안 한 게 뭐냐? 손 좀 봐라. 그건 뭣인고?"

"뭐긴 뭐, 아무것도……."

"속여도 소용없어. 고추장이지? 볶은 고추장. 그 고추장을 먹으면 안 된다고 할미가 아마 백번은 말했겠다. 자, 저 종아리채를 가지고 오너라."

종아리채가 공중으로 번쩍 올라가서 금방 딱 하고 막동이 등어리에 떨어지려고 하는 순간

"할머니, 할머니 뒤에. 아이고, 저게 뭐야? 무서워!"

할머니는 깜짝 놀라 돌아보니 아무것도 없다. 막동이는 그 틈에 도망질을 쳐서 담을 넘어 뛰어 버렸다. 할머니는 기가 막혀서 있다가

"하하하, 호호호."

하고 웃어 버렸다.

"못된 놈의 자식! 나는 왜 이렇게 사람이 좋을까? 몇 번을 그

놈한테 이렇게 속아 넘어가고도 또 정신 못 차리고 속았담."

이 할머니의 소생은 죽고 그의 손자를 갖다 기르는데 그것이 막동이다. 막동이는 학교에는 아니 가고 장난만 하였다. 막동이의 누이동생 이쁜이는 공부도 잘하고 말도 잘 듣는다. 저녁을 먹는데 할머니는 막동이가 오늘 학교에 아니 간 듯한데 시치미 떼고 갔다 온 척하는 고로 이것을 알려고 살살 달래어 물었다.

"막동아, 오늘은 학교가 퍽 더웠지?"

"네, 퍽 더웠어."

"그럼 퍽 고생했겠구나."

"응, 아주 혼났어."

"막동아, 너 냇물로 미역 감으러 가고 싶던?"

막동이는 깜짝 놀랐다. 이건 조심하여야겠다고 생각하였다. 막동이는 할머니의 눈치를 살피다가

"아니, 뭐 그렇게 가고 싶지도 아니했어요."

"어디 속내의 좀 보자. 어쩨 축축하구나. 해수욕 갔었구나?"

"아니, 저, 저 학교서 우물 펌프로 머리를 씻었어요."

"머리를 씻었는데 속내의까지 적신단 말이냐?"

"애들이 뭘 물을 끼얹고 해서 그렇지."

"오, 그렇기나 하면 당하다마는 그럼 오늘 학교에 가서 공부를 분명 했구나, 착하다."

앞에서 이 광경을 보고 있던 이쁜이가

"할머니도. 내 저 오빠 속내의 단추를 검정 실로 꿰매 주었

지. 그런데 저것은 흰 실로 꿰맸는데."

할머니는 막동이 미역 감으러 못 가게 하느라고 아침에
속내의 단추를 검은 실로 얽어매어 내의를 벗지 못하도록
한 것을 깜빡 잊어버렸다.

"옳지, 옳지. 참, 내가 검정 실로 잡아맸다. 어디 보자."

막동이는 인제 할 수 없었다. 그저 도망질이 제일이라 생
각하고 벌떡 일어나 달아나면서

"이쁜아, 이년 보자!"

막동이는 행길로 나가서 요새 머슴한테 배운 휘파람을 불
며 걸어갔다. 시골 여름의 저녁때다. 금빛 놀이 서쪽 산에서
춤을 춘다. 막동이도 어깨춤을 추며 휘파람을 불었다.

2

막동이는 휘파람을 불면서 동네를 지나 뒷동산 밑으로 갔
다. 거기서 아이들과 만나기로 약속한 까닭이다. 아이들은
퍽 많이 모였다.

"자! 시작하자."

하고 막동이는 소리를 쳤다. 그들은 가끔 모여서 전쟁하
는 것을 연습하는 편쌈을 하는 것이었다. 막동이는 동편 군
사의 대장이요, 막동이의 동무 유돌이는 서편 군사의 대장
이다. 아이들은 동서로 갈라서서 진을 치고 대장의 명령을
기다려 싸우려는 것이었다. 그들은 나뭇가지로 만든 총과
칼을 어깨에 메고 허리에 차고 의기양양하게 섰다. 대장은
궐련갑에 먹칠을 해서 투구를 만들어 쓰고 수수깡 활을 메
고 위엄이 당당하게 서서 호령하였다. 마침내 병사들은 선
전 포고로 으악! 하는 고함을 치면서 서로 돌격하였다. 한참
싸운 결과 막동이 편에서 대승리를 하였다. 약간의 부상자
와 포로를 놓아 주고 저편 군사의 항복으로 평화 조약이 성
립되었는데, 그 조약은 첫째로 다음 전쟁을 하기까지 길에
서 만나면 절을 할 것과 또 벌금으로 서편 군사의 주머니에
있는 장난감 전부를 동편 군사에게 바치기로 할 것이었다.
신체 조사를 하여 얻은 전리품은 공깃돌, 석필, 고무, 왜콩◆

◆ '땅콩'의 별칭

등 몇 가지였다. 다음 전쟁할 날을 정하고 만세를 부르고 그들은 헤어졌다.

막동이는 집으로 오다가 옥순이 집 앞을 지났다. 옥순이가 내다보고 서서 막동이는 좀 부끄러웠다. 전쟁에서 승리를 한 당당한 대장이지마는 조그만 계집애한테는 항복을 하였다. 옥순이의 아리따운 자태에 막동이는 학교에서 친하게 지내는 복례도 잠깐 잊어버렸다. 막동이는 옥순이의 환심을 사려고 보아라 하는 듯이 길바닥에서 재주를 팔딱팔딱 넘으며 할 줄 아는 장난을 다 해서 보였다. 옥순이는 처음에는 본척만척하더니, 나중엔 그 사내답게 노는데 끌려 빙그레 웃어 주었다. 막동이는 더 신바람이 나서 재주를 지독하게 넘다가 그만 곤두박여 이마를 땅에 부딪혔다. 막동이는 몹시 아프지마는 죽어라 하고 참으며 빙긋 웃고 달음질을 쳐서 왔다. 이마에 밤알만치 통통 부은 것을 문지르며…….

집에 오니, 할머니는

"요놈, 잘 왔다!"

하고 얼른 붙잡으며

"그래, 요놈아. 공부도 않고 심부름도 안 하고 할미만 속이고 도망만 치고……."

이렇게 우선 죄목을 죽 설명한 뒤 부지깽이로 막동이의 등어리, 종아리를 막 때렸다. 막동이는 언제나 매를 맞게 되면 피하는 법은 있어도 울지는 않았다. 설혹 피가 나고 뼈가 부러져도 사내자식이 쫄쫄 울면 안 된다고 생각하여 이를 악물고 참았다. 그것이 할머니의 분을 더 돋워 주었다.

"요놈은 돌로 만들었는지 때려도 울지도 않겠다. 요놈! 요놈! 이래도 울지 않을 테야?"

할머니는 인제 무엇보다 막동이를 울려 보고야 말겠다고 때렸다. 그러나 막동이는 깡충깡충 뛰며 얼굴을 찡그리면서도 울지는 않았다. 그러자니 아프기는 몹시 아팠다. 온몸이 얼얼하고 죽을 지경이었다. 할머니도 팔이 아파서 그만두었다.

막동이는 다 맞고 나서 마루에 앉아 있노라니 그제서야 분한 생각이 나서 눈물을 줄줄 흘렸다. 그것은 할머니가 보고 속 좀 상하라는 눈물이었다. 아주 기가 막히게 아픈 것처럼 엄살을 하였다.

과연 할머니는 힐끗힐끗 막동이를 쳐다보며 과히 때린 것을 애처로워하는 눈치였다. 그 눈치를 알자 막동이는 더 한층 크게 울어 젖혔다. 할머니가 그만 가엽고 속이 상해서 애를 쓰는 것을 볼 때 막동이는 속이 시원했다. 그것으로 원수를 갚은 셈이다. 할머니는 나중에 눈물까지 고여 가지고 막동이를 쳐다보며,

"글쎄, 이 자식아! 웬만하면 할미도 귀한 자식을 때릴 리가 있니?"

막동이는 들은 체 만 체하였다. 막동이는 처음에 일부러 할머니를 골리려고 운 것이 정말 생각하니 공연히 슬프고 눈물이 쏟아졌다. 어머니도, 아버지도 없는 자기 신세를 생각하였다. 서울도 못 가고 강원도 시골구석에 사는 것도 분

하였다.

오늘은 일요일이라 학교도 안 가고 늦잠을 자려고 하는데 할머니가 볼기짝을 때리며 깨워서 막동이는 벌떡 일어났다. 아침을 먹고 가족 기도회를 가졌다. 할머니는 여간 골신자가 아니었다. 그리고 가족 기도회에서는 꼭 성경을 한 절씩 외우라고 하였다. 누이동생 이쁜이는 줄줄 잘도 외웠다. 그러나 막동이는 하나도 외울 수가 없었다. '마음이 가난한 자는 복이 있나니, 천국이 저희 것임이요' 하는 것을 벌써 다섯 달째 외워 보려 하지마는 한 번도 외우지 못하였다. 그럴 때마다 할머니는 속이 상해서 막동이를 때렸으나 곧 후회하고 엎드려 기도하는 것이었다.

"인제 예배당에 가자."

하고 할머니는 새 옷을 내어 막동이에게 입혔다. 두루마기도 입히고 버선도 신겼다. 막동이는 거북해서 싫다고 하였지마는 억지로 입혔다. 막동이는 아무 옷이나 입고 맨발로 뛰어다니기를 좋아하였다. 그런 옷을 입고 버선을 신으면 몸을 잔뜩 결박한 것 같아서 싫었다.

주일학교는 아홉 시부터 열 시 반까지다. 예배당으로 가니, 아이들은 벌써 와서 떠들어 대었다. 막동이는 몇몇 아이를 붙잡고 딱지와 장난감과 바꿈질을 하자고 하였다. 그 딱지는 다른 것이 아니요, 주일학교에서 성경 열 절을 외우면 그림 그린 딱지 한 장씩을 주고, 또 그것이 열 장 모이면 커다란 붉은 딱지를 주고, 그 큰 딱지가 또 열 개 모이면 선생

• 1930년대에 발행된 신약 성경

님이 상품으로 성경책 한 권을 주는 것이었다. 그러나 막동이는 한 번도 그런 딱지를 얻어 본 적이 없었다. 그래서 오늘은 장난감으로 그 딱지를 사기로 하였다. 요전에 싸워서 얻은 장난감으로 딱지를 바꾸는데 모두 줘서 모으니 큰 딱지가 열 개나 되었다.

"옳지, 오늘은 나도 성경을 탄다."

하고 막동이는 어깨춤을 추었다. 사실 성경을 한 번 타기가 여간 어렵지 않다. 한 번 타기만 하면 그 아이의 소문이 퍼져서 굉장한 칭찬을 받는 판이다. 종이 땡땡 울렸다. 이 종은 작년에 서울에서 사 왔는데, 한 번은 막동이가 치다가 댓돌에 떨어뜨려 깨어져 지금은 목쉰 소리로 울리는 종이었다.

아이들은 와하고 밀려들어 왔다. 주일학교 교장은 찬송가 집과 성경을 들고 강단으로 올라갔다. 이 교장은 서른다섯 살인데 얼굴이 누렇고 마른 키가 호리호리한 분이다. 서울에서 대학교 2년급까지 다니다가 이리로 와서 강습소 선생 노릇을 하는 이다. 그의 양복은 그다지 훌륭하지 않지만 언제나 구두는 눈이 부시게 번쩍거렸다. 그는 그리고 진실하고 정직하였다. 교장은 보통날의 목소리와 주일학교에서의 목소리가 달랐다. 아이들에게 하는 목소리가 따로 있었다. 그는 천천히 입을 열어 말하였다.

"자, 여러분 우리 시작합시다. 똑바로 앉고 조용히……. 옳지, 옳지. 그렇게 하면 착하지. 그런데 저 아이는 유리창 바깥을 내다보고 있네? 내가 바깥마당에 서서 연설을 하는 줄 아는 걸까, 아니면 저 나무 위에 앉은 새에게 연설을 하고 있는 줄 아는 걸까? (학생들이 깔깔 웃었다) 옳지, 옳지. 인제는 저 학생도 고개를 돌렸다. 자, 찬미하자."

찬미를 하고 기도를 하는 동안에 몇 놈은 꾹꾹 찌르고 이야기하고 또 어떤 학생은 창살기도(손가락을 벌리고 얼굴을 가리고 손가락 사이로 내다보는 기도)를 하여 선생이 눈 감고 기도하는 입을 바라보는 것이었다.

갑자기 예배당 문이 열리며 어른들이 들어왔다. 새로 이 고을 군수가 되어 부임한 이가 구경하러 온 것이었다. 군수는 전에 예수를 믿었다고 특별한 호의로 온 것이다. 면장과 구장도 따라왔다. 교장은 그만 황송해서 군수 일행을 강단 위에 올려 앉히고 학생 일동을 일으켜 경례를 시켰다.

막동이는 얼굴이 붉어졌다. 이 군수가 바로 옥순이 아버지였기 때문이다. 옥순이도 어머니와 함께 뒷자리로 와서 앉아 구경하였다. 막동이는 힐끗 옥순이를 돌아보았다. 그래도 옥순이는 못 보았는지 딴 데만 보고 있다. 막동이는 앞에 있는 아이의 머리를 쥐어지르고, 어깨를 으쓱거리기도 하고, 이를 악물기도 하고, 얼굴을 찡그리며 웃기도 하고, 별별 짓을 하여 옥순이가 자기 존재를 알아채고, 또 웃겨 보려고 하였다. 그러다가 획 돌아보니 과연 옥순이가 바라보고 빙그레 웃었다. 막동이는 벌떡 일어나 춤을 추고 싶었다. 그러나 다시 생각하니 좀 무안하여 고개를 숙이고 혼자 빙긋 웃어 보았다.

군수 일행이 강단에 앉아 내려다보니 학생들은 끽소리도 못 내고 꼼짝 안 하고 조용해졌다. 선생들까지도 얼음기둥처럼 빳빳이 앉아 '아이들을 이렇게 잘 가르치고 사랑합니다' 하는 듯이 학생의 등도 어루만지고 머리도 쓰다듬으며 아주 야단이었다.

이때 교장 선생은 오늘 이 귀빈이 온 기회에 성경 잘 외우는 재동•을 소개하고 상품을 주는 것이 가장 자랑거리와 같다고 생각하여

"자, 성경 제일 많이 외워서 붉은 딱지 열 장 가진 학생 있으면 나오시오."

하고 광고하였다. 그러나 아무도 없었다. 교장은 그만 무안해서 노란 얼굴이 흙빛이 되는 판에

"선생님!"

하고 손을 번쩍 들며 일어나는 학생이 있었다. 교장은 물론이요, 일동의 시선은 그 학생에 총집중이 되었다.

그것은 뜻밖에도, 아니 천만뜻밖에도 막동이가 그 인물임에 일동은 놀랐다. 그것은 청천벽력이었다. 그러나 붉은 딱지 열 장을 척척 내놓는 데는 할 수 없었다. 막동이는 10년이 되어도 붉은 딱지는커녕 작은 딱지 하나도 못 받을 위인으로 치부해 둔 것인데…….

교장은 반가우면서도 실망하였다. 그러나 한번 광고하였으니 어찌할 수 없이 막동이를 강단으로 불러올렸다. 막동

• 재주가 뛰어난 아이

이는 뚜벅뚜벅 올라갔다. 학생들은 부러웠다. 다른 날도 아니요, 군수 영감이 오신 날 성경을 타게 되는 것은 기막힌 영광이다. 그중에도 하찮은 장난감과 딱지를 바꾸어 준 아이들은 입술을 깨물며 분하였다.

교장 선생은 상품을 엄숙하게 들고 있다가 막동이에게 주었다. 교장은 암만해도 이 아이에게 무슨 비밀이 있는 것이라고 생각하여서 그다지 마음이 내키지는 아니하였다. 일동의 우레 같은 손뼉 소리가 예배당이 떠나갈 듯 울렸다. 군수 영감, 면장도 웃으며 손뼉을 쳐 주었다.

막동이는 자기 몸이 공중으로 떠오르는 것 같았다. 막동이와 친한 복례라는 계집아이는 너무 기뻐서 손바닥이 발갛게 될 때까지 아프도록 두드렸다. 복례는 기쁨에 찬 얼굴을 막동이에게 보이려고 애를 썼으나 막동이는 딴 데만 보았다. 복례가 막동이의 눈이 가는 곳을 따라가 보니, 거기에는 군수의 딸 옥순이의 웃는 얼굴이 있었다. 복례는 분해서 입술을 깨물며 아픈 손바닥을 문지르고 고개를 숙였다. 숙인 얼굴에는 눈물이 주르르 흘렀다. 사람이 다 미웠다. 그중에도 제일 미운 것이 막동이라고 생각하였다.

군수는 오늘 상을 탄 막동이를 위하여 축사를 하고 그의 머리를 쓰다듬으며

"네 이름이 뭐냐?"

하고 물었다. 막동이는 너무 좋기도 하지만 무섭기도 하였다. 그것이 옥순이의 아버지가 아니라면 그다지 무섭잖겠

는데 옥순의 아버지라는데 딱 질색이었다.

"저, 저, 막동이올습니다."

하고 겨우 혀 굳은 말로 대답하였다.

"막동이, 성은?"

아! 이런 깜박 성이 생각나지 않았다. 급히급히 머리 구석을 찾아서 겨우

"저, 저, 저…… 최가올습니다."

하고 얼른 대답하니 등에서 땀이 쭉 흐르는 것 같았다.

"응, 최막동이. 착한 아이, 기특한 아이다. 성경 절을 그렇게 많이 외우다니. 그런데 성경 절을 여기서 다 외우라고는 할 수 없고 어디 하나만 대답해 봐라. 저, 예수 열두 제자의 이름은 다 알 테지. 그중에 제일 먼저 제자가 된 두 사람의 이름이 뭐던고?"

군수는 자기도 성경을 잘 안다는 자랑이었다.

교장과 선생은 가슴이 울렁거렸다. 학생 중에서는 "그까짓 것 나도 아는데" 하는 소리도 들렸다. 그러나 막동이는 깜깜 절벽이었다. 고개를 푹 숙이고 옷고름만 만지작거렸다. 얼굴이 화톳불 앞에 있는 것처럼 붉었다. 교장 선생은 막동이가 대답 못 할 줄을 알면서도 그렇다고 가르쳐 줄 수도 없어

"막동아, 대답해라. 뭐 부끄러울 것도 없고 또 무서울 것도 없다."

하고 말할 수밖에 다른 도리가 없었다.

막동이는 좌우간 대답은 해야겠어서 얼른 생각난 것을 대

답하였다.

"다윗과 골리앗이올습니다."

그것은 예수 나시기 전 천 년 전에 있던 임금과 장수의 이름이었다. 일동은 기가 막히고 교장은 졸도하여 넘어질 뻔하였다.

군수는 미안해서 다시 막동이에게

"옳지, 옳지. 너는 구약을 더 잘 아는 게로구나. 그럼 소돔과 고모라◆는 무엇인고?"

하고 다시 물었다. 막동이는 머리가 띵하였다.

'이놈의 군수가 나를 고원◆◆으로 쓰려나, 사위를 삼으려고 시험하나, 제가 성경 잘 안다는 자랑인가. 왜 이렇게 질깃질깃하게 묻는고? 대관절 소돔, 고모라가 뭔가? 이럴 줄 알았으면 성경 공부를 잘해 둘걸.'

이렇게 속으로 생각하며 소돔, 고모라를 빨리 입속으로 스무 번은 불러 보았으나 도무지 알 수가 없었다. 그러다가 문득 생각난 것이

'옳지, 내외간인 게로구나.'

하고 막동이는 고개를 번쩍 들면서

"소돔은 남편이요, 고모라는 아내올습니다!"

하고 대답한 뒤에 잘 맞았나 하고 군수와 교장의 눈치를

◆ 구약성경 「창세기」에 나오는 도시들로 하나님의 유황불 심판을 받고 멸망했다. 지금은 죄악의 도시를 뜻하는 비유로 쓰인다.
◆◆ 관청에서 사무를 돕기 위하여 두는 임시 직원

보았다. 군수의 얼굴은 무슨 못 먹을 것을 삼킨 듯이 얼떨떨한 표정이요, 교장의 얼굴은 호랑이의 그것으로 막동이를 잡아 삼킬 듯이 노려보았다.

막동이는 그제서야 틀렸음을 눈치채고

'큰일 났다!'

하고 고개를 다시 가슴 앞으로 툭 떨어뜨렸다. 소돔과 고모라는 옛적 큰 성의 땅 이름인 것을, 서로 내외간인 사람의 이름이라고 엉뚱한 대답을 한 것이다.

군수는 기가 막히지마는 교장과 선생에게 미안해서

"하, 그놈 성경 절수도 잘 외우고 또 웃긴 소리도 잘하는군. 하하하. 소돔, 고모라가 내외간이라 그럴듯하거든……."

일동은 깔깔 웃었다. 그래도 막동이는 상 탄 성경책을 끼고 뚜벅뚜벅 강단에서 내려왔다.

주일학교가 파한 뒤에 열한 시 종을 치니 아침 예배가 시작되었다. 주일학교 아이들은 예배시간에 장난할까 봐 대개는 부모가 옆에 데리고 앉았다. 그것은 이곳 목사의 지혜였다. 어느 교회나 으레 아이들은 예배시간에 참례 못 하게 하든지, 또 아이들만 앞자리에 따로 앉히든지 하지만 이 교회에서는 꼭 아이들은 부모가 데리고 앉았다. 막동이도 할머니 옆에 이쁜이와 같이 앉았다. 교인들이 와 밀려들었다. 군수와 면장은 가 버리고 남녀노소가 들어와서 엄숙하게 고개를 숙이고 기도하였다. 찬미를 하고 목사가 기도를 시작하였다. 소년 소녀가 기도하기 좋아하는 일은 드물다. 그것은 사실이다. 이 소설의 주인공 막동이도 유감이지만 기도를 좋아하지 않았다. 대체로 목사가 알아들을 수 없는 기도를 기다랗게 하는 데는 좀이 쑤셔서 견딜 수가 없었다. 그래도 막동이는 참고 눈만 가늘게 떠서 앞에 앉은 사람의 저고리를 무심코 들여다보았다. 다행하게도 거기에는 심심파적하기에 알맞은 파리 한 마리가 앉아 있었다. 막동이는 밤낮 보는 파리지마는 무슨 큰 동무나 만난 듯이 자세히 바라보며 이 귀여운 파리가 날아가지 않도록 숨도 크게 못 쉬고 있었다. 그렇게 자세히 들여다보는 중에 막동이는 이상한 것을 하나 발견하였다. 그것은 파리 모가지가 몹시도 가는 것이었다. 실처럼 가느다란 모가지를 휘휘 내두르다가 나중에는 두 발로 그 모가지를 누르고 비비대었다. 막동이는 금방 그 파리 모가지가 부러질 것 같아서 걱정스러웠다.

예배를 다 본 뒤에 점심을 먹고 막동이는 유돌이와 그의 동무들을 데리고 강에 나가서 목욕을 하였다. 그리고 그날 밤은 곤히 잠이 들어서 잤다. 그는 높다란 산에서 뚝 떨어지는 꿈을 꾸었다. 꼭 날개가 돋친 것 같고 떨어질 때는 무섭고도 아슬아슬하지만 재미있었다.

3

월요일 아침에 일어나자마자 막동이는 심심하여 궁리를 하였다. 막동이는 공부하기가 싫었다. 즐거운 공일이 지나고 월요일이 되어 또 일주일 동안 공부할 것을 생각하니 끔찍하였다. 자기는 무슨 다른 공부를 해서 이담에 대장이 되지 이까짓 학교 공부는 소용없는 것으로 생각하였다.

"아이, 병이나 났으면!"

하고 막동이는 학교 가기가 싫어서 몸이나 아팠으면 하는 생각까지 하였다. 그런 꾀병이 어릴 적에는 많은 법이다. 그래서 막동이는 몸뚱이를 모두 만져 보았으나 아무 데도 아픈 데가 없었다. 다시 배를 살살 만져 보니 웬일인지 조금 아픈 듯하였다. '옳지, 되었구나' 하는데 금방 아픈 증이 가시어 버렸다. 막동이는 불행 중 다행이라고 생각하였다. 왜냐하면 배 아픈 것은 전에도 몇 번 핑계하였으나 보이지 않는 것이라 할머니에게 꾀병이라고 퇴짜를 맞은 일이 있었기 때문이다. 이번에는 이빨을 만져 보았다. 이상하게도 하나가 건덩건덩 빠지려고 흔들렸다. 이건 땡이라고 막동이는 좋아하였다. 그러나 그다음 순간 막동이는 실망하였다. 이가 아프다고 하면 할머니는 으레 덤벼들어 이를 빼자고 할 테니 그 아픈 것을 당하는 것보다는 학교에 가는 것이 낫다고 생각한 까닭이다. 다시 또 몸 조사를 해 보니 별로 아픈 데가 없었다. 문득 발바닥을 만져 보다가 막동이는 벌떡 일어나서 발바닥을 들여다보았다. 그것은 어제 목욕을 하다가 조개껍질에 찔려 벌겋게 된 것이다. 그러나 다 아물어 가지고 조금도 아프지는 아니하였으나 꾀병에는 마침가락◆이라고 생각하였다. 그래서 막동이는

"아이고, 아야, 아야!"

하고 별안간 소리를 질렀다. 옆에서 자던 이쁜이가 깜짝 놀라서 일어나고 부엌에 있던 할머니가 허둥지둥 들어왔다.

"막동아, 너, 너, 이게 웬일이냐, 응? 어디가 아프냐?"

할머니는 떨리는 목소리로 물었다. 손자를 사랑하는 그 자애 깊은 할머니의 놀라는 얼굴을 볼 때 막동이는 미안해서 아프지 않다고 다시 말하고 싶었으나 이왕 벌인 춤이라

"발이 아파서 죽겠어."

하고 울 듯이 말하였다.

"뭐? 발이! 어디, 어디?"

하고 할머니는 얼른 손자의 발을 들여다보았다.

"아이, 그 발바닥이 왜 그러냐?"

"어제 미역 감다가 조개껍질에 찔렸어."

"아이고, 난 무슨 큰일이나 난 줄 알고 놀랐구나."

하고 할머니는 조그만 상처를 보고야 안심한 듯 숨을 내쉬었다.

"원, 고까짓 것을 가지고 야단법석이냐, 사내 녀석이. 얘,

◆ 우연하게 일이나 물건이 딱 들어맞음.

벌써 아물고 다 났다."

막동이는 무안하기도 하고 이것으로는 꾀병이 못될 것을 알고 얼른 한다는 말이

"저, 저, 발도 아프지만 그보다는 이가 몹시 아파요."

"뭐, 이가 아파?"

"이가 하나 빠지려고 그래."

"어디 입 좀 벌려 봐라. 옳지, 참 하나가 건덩거리는구나. 이 가느라고 그런다. 이쁜아, 저 명주실하고 성냥하고 가져오너라."

"할머니! 싫어요. 그만둬요. 이는 빼지 말아요. 아프지 않아. 학교에 갈 테야."

"뭐, 이놈! 그럼 너 학교에 안 가고 낚시질하려고 꾀병했구나. 이놈, 그 대신 이를 빼 주고 말 테다."

이쁜이는 벌써 명주실과 성냥을 가져왔다. 그전에는 이를 빼면 무명실을 겹쳐서 이를 붙잡아 매어 가지고 툭 잡아채어 뽑았지마는 한번은 이 교회로 순행 온 서양 목사가 서양에서 아이들 이 빼는 묘법을 가르쳐 주어 그대로 몇 번 해 보니 과연 신통하게 잘 빠져서 늘 그 방법을 쓰게 된 것이다.

할머니는 명주실을 겹쳐서 막동이의 건덩거리는 이를 꼭 잡아매었다. 막동이는 죽을상이 되어 앉았다. 꾀병을 해서 이런 벌을 받는다 생각하고 이담엔 거짓말을 안 하리라고 결심하였다. 할머니는 길게 늘인 실 한끝을 문고리에 매고 막동이를 일으켜 세워 실이 팽팽하도록 하였다. 그리고 할머니

는 성냥 세 개를 한꺼번에 뭉쳐 가지고 득 그어서 불붙은 것을 갑자기 막동이 코에 갖다가 대었다. 막동이는 깜짝 놀라

"엄마, 뜨거워라."

하고 고개를 뒤로 젖히자 멈칫하는 바람에 이가 쑥 빠져 버렸다.(윗니는 이렇게 하면 잘 빠질 터이지만 아랫니는 어떻게 하는지 필자도 의심난다.)

막동이는 그 이를 가지고 마당으로 나갔다. 그것은 할머니가 이를 빼면 지붕에 던지라고 하는 까닭이었다.

"발을 가지런히 하고 서서 던져야 이가 고루 난다."

하고 할머니는 말하였다.

막동이는 발을 가지런히 하고 서서 이를 지붕으로 던지며

"까치야! 까치야! 헌 이는 네가 가지고 새 이는 나 다오."

하고 소리쳤다. 막동이는 이가 지붕으로 휙 올라갈 때 웬일인지 서운하였다. 그 이를 주머니에 넣고 다니고 싶었으나 할머니 명령이라 할 수 없었다.

그런데 이상하게도 그 이가 도로 떼구루루 굴러떨어졌다. 막동이는 반가운 듯이 얼른 집어서 주머니 속에 감추었다.

막동이는 아침을 먹고 학교로 갔다. 학교에 가서도 이 뺀 자랑을 하였다. 입속이 텅 빈 것 같고 이 빠진 데를 혓바닥으로 누르면 근질근질한 쾌감이 일어났다. 그리고 이상한 침을 흘렸다. 아이들은 막동이를 보고

"앞니 빠진 중강새야, 우물 앞에 가지 마라……."◆

◆ 전래동요 〈앞니 빠진 중강새〉의 첫 소절

하고 놀려 대었다.

그 이튿날 막동이는 학교 가는 길에 유돌이를 만났다. 유돌이는 학교도 안 다니고 떠돌아다니는 거지와 같은 아이였다. 그는 뉘 집에 얹혀서 지냈는데 더러운 옷을 입고 장난만 하고 싸움 잘하기로 유명하였다. 그래서 어른이나 아이나 유돌이는 나쁜 아이라고 쳐다보지도 않고, 이 아이와 놀면 학교 선생님이나 부모님이나 야단을 치는 것이었다. 그러나 막동이는 늘 몰래 유돌이를 만나서 놀았다. 그 아이가 불쌍하기도 하고 또 어디라고 할 수 없이 모험심이 많고 이상한 기상이 있고 자기와 친한 동무처럼 생각된 까닭이었다.

그는 가끔 산속에 가서도 자고 멀리 어디로 구경 갔다 오기도 하였다. 나이는 열세 살쯤 되었으나 어른처럼 대담하였다.

"막동아!"

"유돌아!"

그들은 반갑게 인사하였다. 여름 아침의 선명한 해는 그들의 건강한 얼굴 위에서 웃었다. 길가 보리밭에는 누런 보리가 산들바람에 황금물결을 일으켰다.

"너, 참 무서운 데 한번 가 보자고 그랬지?"

하고 유돌이가 말하였다. 언젠가 유돌이가 자기는 세상에 무서운 것이 없다고, 밤에도 아무 데나 갈 수 있다고 하였다. 막동이도 그런 모험을 한번 해 보고 싶어서 제일 무서운 데를 한번 가 보자고 한 일이 있었다.

"그래, 가자. 어디?"

"글쎄, 어디든지 나만 따라가자."

"언제?"

"오늘 밤에."

"그럼 어디서 만날까?"

"내가 밤중쯤 너희 집에 가마."

"안 돼. 할머니가 알면 큰일 난다."

"그럼 내가 밖에서 고양이 우는 소리를 할 테니 그때 나오너라."

"응, 그래그래."

"꼭?"

"그럼 꼭이지. 그런데 너 가진 게 뭐냐?"

"이거."

하고 유돌이는 손을 꼭 쥐고 위로 감추었다. 막동이는 더 궁금해서 유돌이를 재촉하였다.

"뭐야, 뭐? 조금만 보여 다오."

"이거."

하고 유돌이는 조그맣고 까만 것을 뾰족이 손바닥에서 내밀었다.

"응, 풍뎅이로구나. 어서 났니?"

"저 삼밭에서 잡았단다. 금년에는 처음 잡은 것이야."

"뭐하고 바꾸자."

"안 돼. 아니 이게 여간 잘 도는 것이 아니란다."

하고 유돌이는 풍뎅이를 땅바닥에 자빠뜨렸다. 그리고 손바닥으로 땅을 치면서

"돌아라, 풍뎅아."

하니 풍뎅이는 부러진 다리들을 움직이며 날개를 펴고 핑핑 돌았다. 먼지가 풀썩풀썩 일어났다. 소년들은 기가 막히게 재미가 있어서 그것을 정신 놓고 들여다보았다. 막동이는 풍뎅이가 가지고 싶어서 죽을 지경이었다.

"유돌아, 내 이빨하고 바꾸자."

"뭐, 네 생이빨을 뺄 테냐?"

"아니야, 뺀 것이야."

"어디 보자."

막동이는 주머니에서 어제 뽑은 이를 꺼내 보였다. 유돌이는 신기하다는 듯이 한참 들여다보더니

"정말 진짜 이빨이냐?"

"그럼, 그렇고말고. 자, 보아라."

하고 막동이는 입을 벌렸다.

유돌이는 그 이가 더럽게 보이지마는 또 한편 장난감으로는 드문 것이요, 더구나 귀한 제 이빨과 바꾸자는데 싫다고 할 수 없어

"그럼 바꾸자."

하고 정식 교섭이 끝나자 물건 교환을 하였다. 그들은 서로 만족한 듯이 헤어지면서

"그럼 오늘 밤에 만나자."

"응, 그러자."

하고 작별의 인사를 주고받았다.

막동이가 학교에 가니 시간이 퍽 늦었다. 운동장은 텅 비고 학교 안은 쥐 죽은 듯 고요하다. 막동이는 복도를 고양이처럼 살살 제겨디뎌◆ 교실 문을 열려고 하니 가슴이 두근거렸다. 지각하였다고 선생님에게 호령 받을 생각을 하자 기가 막혔다. 문을 와락 여니 일동의 시선이 막동이에게 획 쏠렸다. 막동이는 얼굴이 화끈하여 고개를 숙였다.

'이담엔 세상없어도 지각을 하지 말아야겠다.'

하는 생각이 일어났다.

"왜 늦었니!"

선생님의 호령이다. 막동이는 거짓말을 하려다가

'아니다, 사내자식이 이런 때 거짓말을 하면 안 된다!'

하는 생각을 하고

"선생님! 학교 오는 길에 유돌이를 만나서 이야기하다가 늦었어요."

"무엇이 이놈! 더군다나."

하고 선생님은 노기가 충천하였다.

막동이는 한참 서서 벌선 다음에 제자리에 앉지도 못하고 여학생 앉은 자리 옆에 앉았다. 이 학교는 아직 여자부가 따로 있지 않아서 남녀가 함께 공부하는데, 남학생이 잘못하면 벌로 여학생 옆에 앉힌다. 그러면 그것을 제일 큰 수치로

◆ 발끝이나 발뒤꿈치만으로 땅을 디뎌

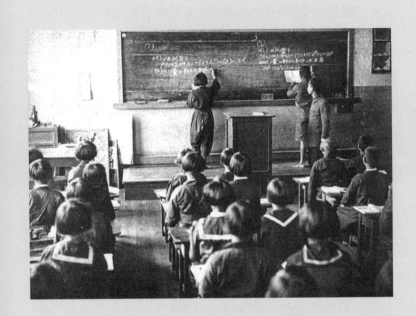

• 일제강점기의 교실 풍경

여겼다. 또 여학생이 잘못하면 남학생 옆에 앉히는 것이다. 한 교실에서 공부는 하지만 남녀 학생의 자리는 갈라서 따로 있었다.

막동이는 선생님이 가서 앉으라는 데로 가니 아, 공교하게도 군수의 딸 옥순이 옆자리였다. 남녀 학생은 킬킬 웃었다. 막동이는 얼굴에 모닥불이 붙는 것 같았다. 옥순이는 막동이가 자기 옆에 앉으니 부끄럽고 또 막동이가 미워서 고개를 돌리고 조금 비켜 앉았다. 조금 후에 교실 안 학생들은 공부하기에 떠들어 대었다. 선생님은 가르치기에 정신이 없었다. 막동이는 곁눈으로 옥순이를 쳐다보았다. 옥순이는 여전히 본체만체하고 성이 나서 옆 볼이 맹꽁이배처럼 불룩해졌다. 막동이는 그것이 우스웠다. 막동이는 주머니에서 복숭아 한 개를 꺼내어 반을 쪼개서 옥순이 책상 앞에 놓았다. 책을 세우고 있어서 선생님에게는 보이지 아니하였다. 옥순이는 그것을 보더니, 한 손으로 복숭아를 막동이 책상으로 밀어 보냈다. 막동이는 다시 가만히 밀어서 도로 보내며

"여간 맛이 있는 게 아니다."

하고 속살거리는데 옥순이는 기가 막히고 또 우스워서 대답도 안 하고 그대로 가만히 두었다. 그리고 옥순이는 그 복숭아나 막동이를 쳐다보면 웃음이 터질 것 같아서 입술을 꼭 다물고 선생님만 쳐다보았다. 그러면서도 웬일인지 막동이를 미워하는 생각이 스르르 없어지고 사내답다 하는 어설픗한• 호감이 일어나기도 하였다.

막동이는 다시 공책에다가 연필로 '주는데 받아라. 아직 내게 많이 있다'는 말을 써서 옥순이에게 보였다. 옥순이는 그것을 읽고 또 웃음을 참으려고 애쓰는 모양이었다. 그것을 보고야 막동이는 안심하였다. 그러나 막동이는 그것으로는 자존심이 채워지지 아니하여 이번에는 공책에다가 그림을 그렸다.

옥순이는 그것이 보고 싶지마는 보자고 할 수가 없었다. 막동이는 모르는 척하고 열심히 그림을 그렸다. 옥순이는 참다못하여

"어디 좀 보자."

하고 말하였다. 막동이는 그린 것을 얼른 보였다. 과연 다른 공부보다 그림 하나는 잘 그렸다. 산 밑에 초가집이 있는데 굴뚝에서 연기가 무럭무럭 나는 그림이었다. 옥순이는 한참 들여다보더니 잠심한 듯이♦♦

"썩 잘 되었다. 사람을 그려 봐."

소년 화가는 그 집 뜰 앞에 굉장히 키가 큰 사람을 그렸다.

"어디 그럼 내가 오는 것을 그려 봐."

하고 옥순이는 신이 나서 말하였다. 막동이는 다시 조그마한 계집애를 그렸다.

"뭘 그려도 잘 그리는구나. 나도 그렇게 그렸으면."

"뭘, 그까짓 것. 내 가르쳐 줄까?"

♦ '설핏한'의 방언. 잠깐 나타나거나 떠오르는 듯한
♦♦ 어떤 일에 마음을 두어 깊이 생각한 듯이

"가르쳐 줄 테야, 정말? 언제?"

"점심때. 너 점심 먹으러 가니?"

"네가 안 간다면 나도 안 갈 테야."

"응, 그래. 그리고 인제부터 우리 친하게 지내."

"응, 그래."

그들은 정답게 속살거렸다. 하학종이 땡땡 울렸다. 그 종 소리는 앞산 금강산 줄기를 타고 내려온 아름답고 묘한 바위에 땅 부딪혔다가 다시 더 아름다운 소리로 울려오는 것이었다. 천진난만한 소년 소녀는 운동장으로 활발하게 뛰어나왔다. 사막 같은 운동장에는 난데없는 꽃이 활짝 핀 것 같았다.

4

점심시간에 막동이는 옥순이와 같이 운동장 한편 구석 잔디밭에 앉아서 공책에다가 그림을 그렸다. 아무도 없고 조용하여서 그들은 맘대로 웃고 이야기하며 그림 공부를 하였다. 그러나 막동이는 당당한 선생이요, 옥순이는 학생이었다. 막동이는 온 정력을 다 들여 그림을 그렸다.

그러다가 나중엔 그림보다 이야기에 쏠렸다.

"요것 봐라. 내가 그린 쥐가 퍽 잘 되었지, 너 쥐를 좋아하니?"

하고 막동이가 물었다.

"아니! 난 쥐가 제일 보기 싫어."

"나도 그렇기는 해. 그래도 죽은 쥐를 끈으로 매어 가지고 돌아다니는 것이나 쥐를 잡아서 몸뚱이에 석유를 발라서 불을 지르고 뺑뺑 돌아다니는 게 여간 재미있지 않아."

"아이, 끔찍해라. 그런 것을 어떻게 보고 있어?"

"그리고 너 뱀은 어떠냐?"

"뱀! 아이, 말만 들어도 끔찍하다."

"나는 뱀을 보면 돌로 때려죽여야 시원해. 그놈을 잡아서 대가리를 짓이겨 놓으면 아주 재미있어. 그래도 요새는 어째 뱀이 눈에 띄지 않더라."

"그런 이야기는 그만두고. 참, 요새 저 장터에 청인이 원숭이 놀린다는데 너 구경 갔었니?"

"그럼, 벌써 두 번이나 가 봤는데 원숭이보다는 청국 아이가 재주를 넘는데 여간 잘 넘는 게 아니야. 그리고 요술도 기가 막힌 것이 많더라."

"나도 가 봤으면 좋겠는데 아버지가 못 가게 해. 너도 재주는 잘 넘지? 그 애보다 잘 넘어?"

"그럼, 그래도 나도 몇 달만 그 애처럼 해 보면 썩 잘할걸. 그런데 너 인제부터는 나하고 친하게 지내자."

"그럼, 벌써 오늘부터 친하지 않냐?"

"참, 그렇지. 그러면 누구든지 너를 놀리면 내가 막 때려 줄게."

"너는 기운이 세냐?"

"세고말고. 학교에서는 내가 제일 기운 셀걸. 그래도 선생님은 당할 수 없어. 아까도 맞지 않았니."

"참말, 나도 보기가 여간 딱하지 않더라."

"그까짓 것 뭐 괜찮아! 그런데 인제부터는 너 나하고 놀러 다니자."

"아이들이 흉보면 어떻게 하게?"

"흉보면 어때! 복례는 괜찮다고 그러던데."

"뭐, 그럼 너 복례하고 친하구나."

"지금은 친하지 않아! 그까짓 것하고."

"거짓말! 인제 알았다."

이렇게 말하고 옥순이는 고개를 돌려 딴 데를 보았다. 막동이는 여러 가지로 달랬으나 한 번 토라진 계집애의 맘을 돌리기에는 기운 센 막동이도 할 수가 없었다. 그래서 막동이는 성이 난 듯이 벌떡 일어나서 몇 걸음 걸었다. 그래서 옥순이가 후회를 하고 부르기를 기다렸으나 아무 소리도 없고 막동이가 뒤를 돌아다보니 옥순이는 잔디밭에 엎드려 흑흑 흐느껴 우는 것이었다. 막동이는 미안해서 다시 옥순이한테로 갔다. 옥순이가 우는 것을 보니 막동이는 웬일인지 슬펐다. 막동이는 가만히 서 있다가 겨우 입안의 소리로

"옥순아, 나는 너하고만 친하다. 다른 아이는 다 싫고."

대답은 없다. 옥순이는 울고 있을 뿐.

"옥순아, 왜 아무 말이 없니?"

옥순이는 점점 더 울었다. 막동이는 주머니에서 공깃돌을 꺼내어(그것은 강변에서 주워 온, 매끈매끈하고 묘하게 생긴 돌로 막동이가 소유한 것 중에 가장 귀중한 것이다.)

"옥순아, 이것을 줄 테니 가져라."

옥순이는 그것을 밀쳐 내버렸다. 마침 점심시간이 다 되어 학생들이 우르르 몰켰다.◆ 막동이는 얼른 도망하다시피 딴데로 갔다.

그날 밤 막동이는 누워서 자는 척하였다. 밤은 열 시가 지난 모양이었다. 그러나 막동이는 유돌이와 오늘 밤에 무서운 데를 가자고 약속한 고로 잠을 잘 수가 없었고 유돌이가 와서 고양이 소리만 하기를 기다렸다. 그런데 이쁜이는 잠

◆ 한곳에 빽빽하게 모이다.

이 들었지마는 할머니는 아직도 잠이 안 들고 있는 것이 몹시 속상했다.

한참 후에 할머니도 잠이 들었다. 밤은 무섭게 고요하였다. 그러나 고양이 소리는 나지 아니하였다. 막동이는 기다리기가 너무 갑갑하였다. 밖에서는 귀뚜라미 우는 소리가 처량하게 들렸다. 그리고 머리맡의 벽 속에선지, 문틈에선지 무슨 버러지가 울었다. 그리고 멀리서 개가 컹컹 짖는 소리와 소쩍새의 우는 소리가 들렸다.

밤이 몹시 깊어서 밖에서 고양이 우는 소리가 크게 들렸다. 야옹! 야옹! 하는 소리는 꼭 유돌이 목소리인 줄 알면서도 고양이 우는 소리와 여불없이◆ 같아서 막동이는 웃음이 났다. 막동이는 벌떡 일어나서 옷을 입고 가만히 밖으로 나갔다.

"유돌이냐?"

"막동이냐?"

그들은 가만히 속살거렸다.

"고양이치고는 꽤 크구나."

막동이는 말하고 웃었다. 유돌이도 킬킬거렸다.

"어디로 갈까?"

"글쎄, 제일 무서운 데를 가 보자."

"제일 무서운 데가 두 군덴데, 한 군데는 저 뒷동산 밑 도깨비 집이요, 또 한 군데는 저 앞 남산 모퉁이 무덤 많은 데

◆ 틀림없이. 확실히

란다. 어디로 가련?"

하고 유돌이가 물었다. 막동이는 그 도깨비집이라는 데를 낮에는 가 본 일이 있었으나 무덤 있는 데는 가 본 일이 없었다.

"그럼 그 무덤 있는 데를 가 보자."

그들은 논길, 밭길을 걸었다. 캄캄한 밤이었다. 희미한 별빛이 겨우 길을 찾게 하였다. 풀이 우거진 데로 내를 건너기도 하여 한참이나 걸어서 그 무덤 있는 산에 닥쳤다.

거기는 갑자기 더 고요한 것 같았다. 어둠침침한데 여기저기 둥그스름한 무덤만이 엎드려 있는 무서운 산속이었다. 바람이 휘 불어서 풀과 나무를 흔들었다. 그것은 꼭 귀신이 우는 소리와 같았다. 막동이와 유돌이는 말을 하지 않았다. 자기들의 말소리도 무섭고 또 귀신들이 목소리를 듣고 덤벼들 것 같아서 가만히 숨을 쉬고 걸었다. 멀리 희읍스름하게◆ 보이는 것은 귀신이 무덤 속에서 나와 쪼그리고 앉은 것같이 보였다.

막동이는 그래도 무슨 말이든 하고 싶어서 유돌이에게 물었다.

"유돌아, 저 무덤 속에 있는 귀신들은 우리가 온 줄 알 테지?"

"그럼, 알고말고! 그리고 여기가 제일 무서운 데란다. 이런 데를 가끔 와 봐야 무서움이 없어진단다."

"그래, 어서 한 바퀴 휘 돌아서 가자."

◆ 산뜻하지 못하고 조금 희게. 부옇게

그들은 서로 무섭지 아니한 척하면서도 기실은 머리끝이 쭈뼛쭈뼛하고 이상스러웠다. 그런데 갑자기 어디서 버석! 하는 소리가 들렸다. 두 소년은 말뚝처럼 우뚝 서서 사시나무처럼 몸을 떨었다. 소름이 온몸에 쪽 끼쳤다.

그리고 멀리서 희미한 불빛이 번쩍하였다. 막동이는 목구멍에서 잡아당기는 목소리로

"저, 저, 저게 무어냐? 도깨비불이지?"

하고 나직하게 말하였다.

"글쎄, 그런가 보다. 그런데 애, 그 불이 자꾸 이리로 온다!"

과연 그 불은 점점 가까이 오더니 두런두런하는 소리가 나고 희읍스름한 것이 이편으로 움직여 왔다.

"유돌아, 저것이 아마 귀신인가 보다."

"그래, 어서 이 나무 뒤로 숨자. 어서!"

그들은 얼음기둥처럼 빳빳해진 자기들의 몸뚱이를 끌어서 나무 뒤 수풀 속에 숨었다. 조금 후에 그 두런두런하는 소리는 아주 가까이 들렸다. 틀림없는 사람의 목소리였다.

과연 세 사람이 등불을 들고 오더니

"바로 이 무덤일세."

하고 한 사람이 소리쳤다.

"응, 분명하지?"

한 사람이 대꾸를 하였다.

유돌이와 막동이는 그것이 사람인지 귀신인지 몰라서 궁금하였다. 무섭지만 또 무슨 일인가 하는 호기심도 났다.

"그럼 무덤을 파세."

하고 한 사람이 괭이를 번쩍 들었다.

유돌이는 고개를 내밀고 자세히 보더니, 막동이 귀에 대고 속삭였다.

"얘, 막동아. 저게 하나는 늘 우리 동네로 다니는 거지요, 또 하나는 노름꾼 박춘삼이란 사람이다. 또 하나는 모르겠고."

"그런데 대관절 왜 왔을까?"

"가만히 있어, 우리 보자."

그들은 숨을 죽이고 그들의 거동을 살폈다. 그들은 한참이나 무덤을 파헤치더니 그 속에 파묻은 무슨 그릇인지 보화인지 꺼내 가지고 좋아서 떠들어 댔다.

"무서운 도적놈들이로구나."

하고 막동이는 속살거렸다. 그런데 갑자기 박춘삼이라는 자가 허리춤에서 시퍼런 칼을 꺼내더니 같이 온 사람 하나를 찔러 죽였다. 그러고는 거지와 박춘삼이는 황황히 도망해 버렸다. 막동이와 유돌이는 너무 끔찍끔찍하여서 기절할 뻔하였다. 송장도 무서운데 또 한 사람이 죽어 넘어진 것을 그들은 차마 볼 수가 없었다. 그들은 박춘삼이와 거지가 도망한 길 반대편으로 달음질을 쳐서 도망하였다.

그들은 씩씩거리고 땀을 쭉 흘리며 산에서 내려와 멀리 동네의 불빛이 반짝거리는 것을 바라보고서야 약간 안심하는 숨을 후유 내쉬었으나 무섭기는 여전히 무서웠다.

"대관절 웬일이냐? 도무지 알 수 없구나."

"글쎄, 암만 생각해도 모르겠다. 꿈은 아니겠지?"

"꿈이 뭐야? 이렇게 똑똑한데."

그들은 천천히 걸으면서도 여러 번 뒤를 돌아다보았다. 무엇이 따라오는 것 같아서 무시무시하였다.

"좌우간 내일은 다 알게 되고 동네가 발끈 뒤집힐 텐데."

"그래, 그런데 우리는 가만히 있자. 보았다고 하면 큰일이다. 무슨 죄를 우리가 뒤집어쓸지도 모르고 또 어른들한테 혼날 테니."

"그럼 모르는 척하고 어떻게 되는 꼴이나 구경하자."

"그래, 우리 옷고름 맺고 맹세하자."

그들은 가다가 말고 서서 옷고름을 맺었다. 떨리는 손으로.

5

그 이튿날 동네는 발끈 뒤집혔다. 무덤을 파내 송장을 꺼내고 또 그 옆에 사람이 칼에 찔려 넘어진 것이 발견된 까닭이다. 이 조그마한 촌에서는 처음으로 일어난 큰 사건이었다. 순사는 까마귀 떼처럼 사방에 몰켜 오고 의사도 와서 진찰을 하고 큰 난리가 난 것 같았다. 모두 무시무시하고 무서워서 크게 말도 못 하고 수군수군하기만 하였다.

사람 죽인 죄인을 찾으려고 순사들은 집집마다 뒤졌다.

막동이는 자기가 죄나 진 것처럼 벌벌 떨었다. 그리고 밤에 잠도 잘 수 없고 무서운 꿈만 꾸었다. 막동이는 자기가 본 것을 그 순사들에게 말해야 할지, 안 해야 할지 몰랐다. 다만 겁이 나서 말하기가 어려웠다. 그리고 유돌이와 약속까지 하였으니 말은 할 수 없고 실로 걱정이었다.

"너 왜 얼굴이 그러냐? 어디 아프냐?"

하고 할머니가 물었다. 막동이는 아무런 대답도 할 수 없었다.

"너 밥도 안 먹고 이상하구나."

하고 할머니는 여간 걱정하는 것이 아니었다.

막동이는 학교에 가서도 전과 같이 기운이 없었다. 자꾸 그날 밤 산에 가서 무덤 앞에서 보았던 일이 생각났다. 또 한편으로 그렇게 친하게 지내며 재미있게 놀던 옥순이하고도 틀려서 풀이 죽었다. 옥순이는 막동이를 만나면 못 본 척하고 돌아섰다.

'에, 속상해 그러나? 내가 왜 이럴까? 이까짓 일에 풀이 죽어서는 안 되겠다. 에라, 기운을 좀 내자.'

하고 막동이는 학교에서 파하는 길로 유돌이를 찾아갔다.

"자, 우리 속상한 김에 어디 놀러 가자."

하고 막동이는 유돌이 어깨를 탁 쳤다.

"그러자. 어디로 갈까?"

유돌이도 기운 있게 대답하였다.

"우리 멀리 가자. 경치 좋은 데로."

"그럼 저 강으로 갈까?"

"그래, 그것이 참 좋겠다. 가만있자, 누구 하나 더 데리고 가자꾸나."

"누구?"

"저, 명호를 데리고 갈까?"

"그래그래, 그 애가 참 좋겠다."

그들은 명호네 집으로 가서 명호를 끌고 나왔다. 그들은 강가로 가서 목욕도 하고 고기도 잡으며 강줄기를 타고 산 밑으로, 모래판으로 자꾸자꾸 위로 올라갔다. 점점 집도 없는 깊은 산골짜기로 들어갔다. 시퍼런 강물이 흐르고 층암 절벽이 깎은 듯이 좌우에 서 있는 곳이었다. 그들은 이야기를 하며 훌륭한 경치에 눈이 팔려 정신없이 가고 또 가는 것이었다. 그런데 벌써 해는 넘어가고 저녁때 황혼이 산골짜기를 어둠침침하게 하였다. 마치 검은 장막이 산에서 스르르 내려와 뒤덮는 것 같았다.

"아이고, 큰일 났다."

하고 명호가 소리쳤다.

"큰일 나긴 뭐 큰일 나?"

하고 막동이는 대답하였다.

"집으로 돌아가려면 몇십 리는 될 텐데, 갈 수도 없고 어떻게 하니?"

"못 가면 그만이지."

"자기는 어디서 자고?"

"아무 데서나 자지. 산속이나 모래판에나 잘 데 없을라고. 며칠 동안 모험하려고 일부러 떠나왔는데."

하고 막동이는 태연하게 말하였다.

"먹기는 무엇을 먹고?"

하고 명호는 죽을상이 되어서 말하였다. 유돌이는 들고 오던 보퉁이◆를 펴 보이면서

"먹을 것은 이렇게 가지고 왔다. 이것만 해도 이틀 동안은 먹겠지?"

하고 싱글벙글하였다.

막동이와 유돌이는 창가를 부르면서 하룻밤 잘 곳을 찾아다녔다. 강변 모래판에 자리를 정하고 앉았다. 뒤에는 나무와 바위가 있는 산이요, 앞에는 강물이다.

◆ 보따리

64

"자, 여기가 우리 집보다 좀 좋으냐?"

하고 막동이는 사방을 둘러보았다.

"자, 밥 짓자."

하고 큰 돌을 놓고 아궁이를 만들어 냄비를 올려놓았다. 그들은 밥을 짓고 국을 끓여 저녁을 먹었다. 그러고는 유돌이가 사온 떡을 먹으며 산보를 하였다. 밤은 캄캄해졌다. 별만 총총히 나와서 깜박거렸다.

"아이, 나는 무섭다."

하고 명호는 애를 썼다.

"무섭긴 뭐 무서우냐?"

"귀신."

"하하하, 귀신이 어디 있어? 귀신도 우리를 보면 무서워 달아난다."

"그럼 호랑이."

"흥, 이런 데 무슨 호랑이가 있어. 있어도 먼저 못 덤빈다. 그리고 덤비면 여기 칼이 있겠다, 또 몽둥이가 있겠다 뭐 걱정이야? 그리고 이렇게 화톳불을 활활 피워 놓았는데 호랑이는 벌써 무서워서 멀리 도망했겠다."

그리고 그들은 소리소리 치며 창가를 부르고 뛰어 놀았다. 그러나 밤이 점점 깊어져서 한데 어우러져 자려고 누우니 무서움증이 일어나기 시작하였다.

"나는 가운데서 자겠다."

하고 명호는 유돌이와 막동이 사이로 들어와서 누운 뒤에

는 눈을 꼭 감고 아무것도 보지 않으려고 하였다. 충충하게
검은 나무와 바위도 무서웠다. 앞에서 소리를 치며 흐르는 강
물도 무서웠다. 심지어 하늘에서 반짝이는 별조차 도깨비불
같기도 하고 귀신의 눈이 깜박거리며 내려다보는 것 같았다.

"애들아 나는 정말 무서워 못 자겠다. 지금이라도 가자."

하고 명호는 떨리는 목소리로 말하였다.

"너 왜 그렇게 맘이 약하고 겁이 많으냐? 사내대장부라면
이런 것쯤은 우습게 여겨야 한다. 그래야 이담에 큰일을 하
고 영웅이 된다. 그렇지, 유돌아?"

"그럼, 우리는 이담에 영웅이 되려고 이런 연습을 하는데
세상에 무서운 것이 어디 있니?"

"그럼, 책에서도 배우지 않았니? 예전에 영웅 된 사람들
은 서양이나 청국이나 조선이나 모두 어려서부터 첫째로 무
서움을 안 탔는데."

뒷산에서 이상한 새가 울었다. 그들은 깜짝 놀랐다. 소름
이 쭉 끼쳤다. 명호는 두 손으로 얼굴을 가렸다. 그래도 유
돌이와 막동이는 종일 어찌나 뛰어다녔는지 곤해서 잠이 들
었다. 그러나 명호는 눈이 말똥말똥해서 잠이 안 오고, 집에
서 어머니, 아버지가 좀 기다리실까 하는 걱정도 났다. 그리
고 자꾸만 추워서 견딜 수가 없었다.

그렇게 무섭던 밤이 지나갔다. 새벽이 되어 동이 훤히 트
고 붉은 해가 솟았다. 그들은 벌떡 일어났다. 과연 산골짜기
의 아침 경치는 훌륭하였다. 멀리 금강산 봉우리도 찬란하

게 빛났다.

"야, 아침이다."

하고 막동이가 소리치고는

"명호야, 보아라. 이렇게 환하고 좋은데, 뭐 그렇게 무서우냐?"

하고 모래판에서 씨름도 하고 재주도 팔딱팔딱 넘었다.

"글쎄, 밤에는 그렇게 무서운 곳이더니, 아침이 되니 조금도 무섭지 않다."

하고 명호도 웃었다.

"거봐라. 밤이나 낮이나 마찬가지로 생각하면 그만이야."

"어디 그래도 그렇더냐."

"그래서 우리가 연습하는 것 아니냐?"

그들은 강으로 나가서 맑은 물에 세수를 하고, 셋이 서서 체조를 하고는 창가를 불렀다. 그들은 몹시도 기뻤다.

"자, 아침 해 먹자."

유돌이는 산에 올라가 나무를 하고 막동이는 고기를 잡고 명호는 밥을 지었다.

"자, 우리 오늘은 이 강줄기를 타고 골짜기로 더 들어가보자."

하고 막동이가 말하였다.

"그러자."

하고 유돌이가 찬성하였다. 명호는 할 수 없이 끌려갔다. 그들은 점심때까지 걸었다. 점점 깊은 산골이요, 험준하였다.

"얘, 저게 뭐냐?"

막동이는 달음질쳤다. 유돌이와 명호도 따라갔다. 거기에는 강가에 절벽이 있는데 커다란 굴처럼 생긴 데였다. 막동이는 그 굴속을 들여다보더니

"얘들아, 참 이상하게 생겼지?"

하고 동무들을 돌아보았다.

"정말!"

"우리 오늘 밤에는 여기서 잘까? 그리고 이 굴속에 들어가 볼까?"

하고 막동이가 말하였다.

"그래그래, 참말 저 속에는 무슨 이상한 것이 꼭 있을 것 같다."

하고 유돌이는 손뼉을 쳤다.

"난 간다. 인제 오늘은 집으로 가자. 집에서 여간들 걱정 하시겠니?"

"글쎄, 그것은 좀 안 됐지만 이왕 이렇게 됐으니 기껏 구경 하고 놀자꾸나."

"안 된다. 그러면 우리는 나쁜 아이다. 부모님과 선생님께 죄가 된다."

"그래도 집이나 학교에 말을 하면 못 하게 할 테니 어쩌겠 니?"

그들은 한참이나 입다툼을 하였다. 그러나 막동이와 유돌 이가 우겨서 그 굴속을 구경하기로 하고 들어가려는데 갑자

기 캄캄해지더니 소낙비가 쏟아지기 시작하였다. 나중엔 바람이 휙 불고 천둥이 우르르 딱딱 하며 번개가 번쩍번쩍하더니, 댓줄기 같은 비가 쏟아졌다.

그들이 사는 동네에서는 발끈 뒤집혔다. 막동이와 유돌이와 명호가 갑자기 없어진 뒤에 그들 부모와 학교 선생님과 동네 사람들은 큰 걱정을 하고 찾기 시작하였으나 사흘이 되어도 종무소식이다. 인제는 아주 죽었나 보다 하고 그들은 낙심천만이었다. 하루나 이틀도 아니요, 사흘이나 소식이 없으니 꼭 죽은 것으로 알았다. 목욕을 하다가 물에 빠져 죽었나 하고 강에 배를 타고 나가 시체를 찾으려고 애를 썼다. 동네마다, 산속마다 다 뒤져도 세 소년의 그림자는 없었다. 더구나 얼마 전 밤중에 산속에서 사람이 찔려 죽은 일이 있어 동네 사람들은 걱정했고 혹 아이들이 어떤 흉악한 사람에게 찔려 죽지나 아니하였나 하는 의심도 났다.

나흘이 되었다. 그래도 소식이 없다. 인제는 누구나 그 세 아이가 죽은 것으로 단정해 버렸다. 세 소년의 집에서는 초상난 집처럼 울음소리가 요란하였다.

명호 어머니는 막동이 집으로 와서 울며 이야기하였다. 막동이 할머니는 며칠 밥을 못 먹고 잠을 못 자서 다 죽은 송장처럼 하고 앉아서 시름없이 눈물만 좍좍 흘렸다.

"아이고, 우리 막동이가 죽다니. 여보, 명호 어머니."

"아이고, 막동 할머니, 글쎄 그 명호가 죽다니!"

그들은 가슴을 치며 엉엉 울었다. 막동이 할머니는 울음

섞인 목소리로

"글쎄, 그놈이 좀 장난꾸러기고 말을 잘 안 들어서 가끔 때려 준 것이 후회가 나서 죽겠어요. 그래도 그 애가 퍽 착하고 똑똑한데 아까운 자식을 죽였지, 죽였어!"

"아이고, 우리 애도 그래요. 그게 좀 허약은 하지마는 퍽 신통한 아이인데 이렇게 허무하게 죽을 줄 누가 알았겠어요. 이럴 줄 알았더라면 저 먹고 싶은 것이나 실컷 먹이고, 저 입고 싶은 것이나 실컷 입혔으면 유한이나 없겠는데. 아이고, 분하고 원통해라."

이쁜이도 옆에 앉아 울다가

"할머니, 오빠가 천당에 갈까?"

하고 할머니에게 물었다.

"그럼, 가고말고. 자, 우리 기도하자."

막동이 할머니는 죽은 소년들의 영혼을 위해서 엎드려 울면서 하나님께 기도를 올렸다.

밖에서 누가 찾는 소리가 났다.

"누구십니까? 들어오십시오."

하고 막동이 할머니는 벌떡 일어났다. 그러나 현기가 나고 눈이 캄캄해지며 어쩔어쩔해서 다시 주저앉았다.

찾아온 손님은 학교 선생님과 목사였다.

"얼마나 걱정되십니까?"

하고 목사와 선생님도 풀이 죽어서 힘없이 말하였다.

"오늘 찾아뵈러 온 것은 세 소년의 장례식을 내일 하려고 해서입니다. 학교와 교회가 연합해서 하자고 의논이 되었습니다. 우리도 너무 분하고 슬퍼서 그대로 있을 수가 없습니다. 다른 소년의 집에서도 다 찬성하시는 모양이고요!"

그 소리를 듣고 막동이 할머니와 명호 어머니는 또 울고는 한참 후에 말하였다.

"예, 그렇게 해 주신다니, 고맙습니다. 원체 우리도 그 아이들이 번연히 죽은 줄 알지마는 시체도 없이 장례를 지낼 수도 없고 걱정만 하고 있던 중입니다."

"그럼 내일 오후 두 시에 예배당에서 장례식(추도식)을 거행할 테니 그때 오시도록 하십시오."

하고 그들은 가 버렸다. 막동이 할머니와 명호 어머니는 맞붙잡고 울었다. 그러나 유돌이를 위해서는 울어 주는 친척도 없었다.

6

토요일 오후다. 조그마한 이 동네에는 슬픔이 가득하였다. 세 소년이 죽었다는 것은 이 작은 촌을 뒤흔들어 그들의 가족뿐 아니라 모든 사람들도 다 동정의 눈물을 흘리게 하였다. 동네는 세 소년의 집에서 흘러나오는 울음소리 말고는 죽은 듯 고요하였다.

학교에서 학생들도 풀이 죽어 장난을 못 하였다. 옥순이는 아무도 없는 학교의 빈 운동장에서 고개를 푹 숙이고 왔다 갔다 하였다. 옥순이는 세상이 텅 빈 것같이 적막하였다. 그러고는 발을 멈추고 혼자 이렇게 중얼거렸다.

"꼭 여기야! 여기서 막동이가 내게 그림을 가르쳐 주었지. 이런 일이 있을 줄 알았더라면 난 그렇게 싸움을 안 했을 테야. 그렇지만 막동이는 뭐? 벌써 죽었는데! 내가 아무리 기다려도 만날 수 없어!"

이렇게 생각한즉 옥순이의 가슴은 꽉 막혔고 양 볼에는 굵은 눈물만 흘렀다. 옥순이는 그 자리를 떠났다. 그리고 혼자서 슬픈 노래를 불렀다. 운동장 옆에 나란히 서 있는 포플러나무 밑으로 남학생과 여학생 아이들의 한 떼가 몰려섰다. 그들은 다 막동이와 유돌이와 명호의 동무들이다. 그들은 모두 세 소년의 이야기를 하는 것이었다. 자기들이 요사이 만났을 때 막동이는 어떻게 하였다는 둥, 유돌이는 뭐라고 말했다는 둥, 명호와는 이런 장난을 하였다는 둥 가지각색 지나간 일을 추억하면서 이야기하는 것이었다. 옥순이는 가만히 서서 이런 이야기를 정신 놓고 들었다. 한 아이는

"글쎄 얘들아, 나는 꼭 이 자리에서 막동이와 이야기하였단다. 막동이는 그때 빙글빙글 웃었단다. 아이, 어쩐지 무섭고 소름이 쭉 끼친다."

하고 얼굴을 찡그렸다.

그다음에는 가장 요즈음에 세 소년을 만난 아이가 누구냐는 문제를 놓고 서로 저마다 만났다고 주장하였다. 그중 제일로 요즈음에 만난 아이가 밝혀지자 그 아이는 웬일인지 어깨가 으쓱해지고 자랑스러웠다. 다른 아이들은 그것을 부러워하였다. 어떤 아이는 하다못해 이런 말까지 하였다.

"나도 막동이와 늘 놀았단다. 막동이가 나를 한 번 때려 준 일까지 있는데!"

그러나 이것은 어떤 아이든지 다 한 번씩 당한 일이었다. 한 번뿐 아니라 수없이 맞은 아이도 있었다. 일동은 죽은 소영웅의 기억을 두렵게 이야기하였다. 옥순이는 그런 소문을 들으니 더욱더 막동이가 그립고 아깝게 생각되었다. 거기 있던 여러 아이들은 다 막동이에게 대면, 파리나 개미새끼만도 못한 것 같았다. 그러나 그들이 막동이를 칭찬해 주는 것이 한없이 고마웠다.

그 이튿날 일요일이다. 주일학교가 파하고 예배당 종이 울리는데 보통 때와 달리 장례식을 알리는 종소리가 처량스

럽게 울리는 것이었다. 참으로 조용한 마을, 고요한 예배당의 일요일 오후였다. 동네 사람들이 모이기 시작하였다. 모두 얼굴에는 수심이 가득하였다. 이 조그마한 예배당에 이만치 사람이 모여 보기는 처음이었다. 흰옷을 입은 세 소년의 가족이 들어와서 맨 앞자리에 앉았다. 막동이 할머니는 이쁜이의 손에 끌려 들어왔다.

학생들은 한편에 꽉 들어차고 선생님들은 서 있었다. 목사는 강단에 섰고 그 앞에는 세 소년의 이름을 쓴 깃발이 펄럭거리고 그 앞에는 여러 가지 꽃을 놓았다. 예배당 안은 무거운 침묵이 가라앉았다. 가끔 훌쩍거리는 울음소리가 적막을 깨뜨렸다. 슬픈 찬미는 시작되었다. 일동은 자기들의 찬미 소리가 우는 목소리 같았다. 목사는 정중하게 기도를 하였다.

학교 선생님은 그들 세 소년의 약력을 설명하였다. 그들이 얼마나 아름답고 씩씩한 소년이었는지를 사실 이상으로 굉장하게 칭찬하여 말하였다. 그들이 살아 있을 때는 나쁜 놈이라고 하던 선생도 입에서 침이 마르도록 칭찬하였다. 과연 그들 세 소년은 세상에 다시없는 훌륭한 소년들이라고 모든 사람들이 그 순간 생각하였다. 그래서 그 소년들이 아깝고, 보고 싶고, 그들이 죽은 것이 한없이 슬펐다. 그래서 일동은 누구나 눈물을 흘렸다.

갑자기 예배당 문이 벌컥 열렸다. 목사는 눈물 어린 눈으로 맞은편을 바라보다가 소스라치게 깜짝 놀라 눈을 크게 떴다. 여러 사람들도 목사가 뚫어지게 쳐다보는 방향으로 하나둘씩 돌아보기 시작하였다.

아, 거기에는 죽은 세 소년! 막동이가 맨 앞에 서고, 유돌이, 그다음 명호가 서서 들어오는 것이었다. 일동은 군호나 한 듯이 모두 일어나서 한 사람도 빼놓지 않고 눈을 크게 뜨고 입을 딱 벌렸다. 그들은 세 소년의 귀신이 나타난 것이 아닌가 하고 눈을 씻고 보았으나 멀쩡하게 살아 있어 두 번째로 놀랐다. 세 소년의 가족은 세 아이에게 덤벼들어 얼싸안고 통곡을 하였다. 목사는 소리를 질렀다.

"자, 세 소년은 하나님께서 살려 보내셨습니다. 찬미와 감사의 기도를 기쁘게 합시다."

우렁찬 찬미 소리는 예배당이 떠나갈 듯하였다. 목사의 감사 기도는 일동이 기쁨에 넘치는 눈물을 흘리게 하였다. 그렇게 풀이 죽었던 사람들이 생기가 등등해졌다. 일동은 감격에 차서 세 소년을 바라보았다.

그들 세 아이는 깊은 산속 이상한 굴속으로 들어가려는데 갑자기 천둥 번개가 치고 비가 쏟아졌다. 비는 이틀 동안이나 계속하여 쏟아졌다. 앞에 있는 산골짜기에는 큰물이 나서 바위가 굴러 떨어져 흘러갔다. 그들은 꼼짝 못 하고 사흘 동안이나 굴속에서 지냈다. 나중에는 배가 고프고 춥고 무서워서 견딜 수가 없었다. 비가 개고 물이 빠진 뒤에야 겨우 동네를 찾아왔는데 예배당에서 장례식을 한다고 하여 그 걸음으로 예배당에 뛰어온 것이었다. 세 소년은 군중에게 에워싸여 각각 자기 집으로 돌아갔다. 모두 그들을 붙잡고 어떻게 살아왔는지 묻느라고 야단이었다.

그 이튿날 막동이는 학교에 갔다. 선생님들도 막동이를 보고 빙글빙글 웃으며 환영하였다. 학생들은 막동이를 에워싸고 모험담을 들으려고 애를 썼다. 막동이는 입심 좋게 소설체로 모험담을 굉장히 늘어놓았다. 아이들은 멍하니 서서 재미있게 이야기를 들었다. 막동이를 영웅으로 우러러보며 감복하였다. 막동이는 키가 커진 것 같고 어깨가 올라가는 것 같고 코가 높아지는 것 같았다. 막동이는 곁눈으로 옥순이가 눈을 깜박거리며 자기 이야기를 그중 열심으로 듣는 것을 보았다. 막동이는 몹시 기뻤다. 그러나 대장부가 그런 눈치를 보일 수 있겠나? 그리고 옥순이는 자기와 틀려 쌈을 하였는데, 제아무리 지금은 풀어졌다 하더라도 내가 항복은 안 하겠다 하는 생각으로 못 본 체하였다. 그래서 옥순이는 자기도 여기 서 있다는 것을 막동이에게 알리고 싶어서 공연히 옆에 있는 아이의 이름을 부르고 장난을 치며 웃었다. 막동이는 그것을 다 알아채고 마음속으로 퍽 만족한 웃음을 지으면서도 겉으로는 역시 못 본 체하였다. 옥순이는 그만 낙심이 되어 가늘게 한숨을 쉬고 그래도 욕심껏 막동이의 얼굴을 몰래 쳐다보며 있었다. 막동이는 이야기를 다 하고, 복례와 나란히 저편으로 걸어갔다. 옥순이의 입술은 바르르 떨리고 눈물이 핑 돌았다.

"어쩌면! 어쩌면! 에! 분해!"

하고 옥순이는 운동장 구석으로 가서 혼자 울었다.

"아무리 쌈을 했기로 그것은 예전 일인데! 얄미워라! 복례와 친하겠다! 어디 보자!"

옥순이는 이를 악물었다. 그다음 시간 하학을 하고 막동이는 여전히 복례와 놀면서 돌아다녔다. 이 꼴을 옥순이에게 보이고 싶어 여기저기로 쏘다녔다. 마침 그는 옥순이를 발견하였다. 그런데 거기에는 놀랄 만한 광경이 나타났다. 옥순이는 수철이와 함께 그림을 그리면서 재미있게 소곤거리며 웃고 있었다. 그들은 자기네 외에는 아무도 없는 것처럼 정답게 앉아 있었다. 막동이의 눈에서는 질투의 푸른 불이 번쩍하고 일어나고 가슴이 꽉 막히는 것 같았다. 막동이는 모처럼 옥순이가 사화하고♦ 잘 지내자고 주는 기회를 아깝게 내버린 것이 후회가 났다.

'에, 못난 사내자식! 글쎄 왜 그렇게 고집을 피워서 이런 꼴을 당한담!'

막동이는 분하고 울 듯하였다. 복례는 뭐라고 좋아서 떠들지마는 막동이의 혀는 굳었고 이야기를 듣기도 싫었다. 막동이는 옥순이가 자기를 쳐다보기를 기다렸으나 옥순이는 본 척도 하지 않았다. 그러나 옥순이는 벌써 막동이가 자기 있는 근처에 서서 애타는 것을 알고 속으로 시원해하였다. 막동이는 옥순이보다도 수철이가 더 미웠다.

'이놈! 이담에 보자!'

♦ 원수였던 사이가 원한을 풀고 서로 화평하게 지내고. 화해하고

하고 막동이는 주먹을 불끈 쥐었다. 그리고 휙 가 버렸다.

점심때 막동이는 집으로 왔다. 막동이는 아무도 보기 싫
었다. 그는 몹시 외로웠다. 옥순이는 점심때 역시 수철이와
그림을 그리며 운동장에서 놀았다. 막동이를 좀 더 속상하
게 하려는 것이었다. 그러나 막동이의 얼굴은 나타나지 않
았다. 옥순이는 그만 풀이 죽어서 아무 말도 안 하고 하늘만
쳐다보았다. 발소리가 나면 막동이가 오나 하고 휙 돌아보
았으나 막동이는 종내 오지 아니하였다. 옥순이는 그제서야
막동이에게 너무 지독하게 한 것이 후회가 나고 너무 오래
겨룬 것이 미안하였다. 수철이는 즐거운 듯이 뭐라고 중얼
거렸다.

"아이, 듣기 싫어!"

하고 옥순이는 톡! 쏘며 일어났다. 수철이는 웬 영문인지
몰랐다. 한참 후에 그는 자기가 놀림감에 든 것을 깨달았다.
수철이는 분해서 입술을 꼭 깨물었다.

'흥! 옥순이가 막동이하고 틀려서 분김에 나를 잠깐 데리
고 논 것이로구나.'

하는 생각을 하니, 옥순이도 밉거니와 막동이가 몹시 미
웠다. 그래서 과히 자기가 위험하지 아니할 정도에서 막동
이를 골려 줄 계교를 생각하였다.

7

막동이가 점심을 먹고 학교로 가는데 저편 아카시아나무 그늘이 진 길에서 천천히 오는 옥순이와 딱 마주쳤다. 막동이는 어떻게 할까 하고 망설이다가 쾌활하게 웃으며

"옥순아, 오늘 아침에는 내가 잘못했다. 또 너도 잘못했다. 우리 서로 용서하고 사화하자. 응? 옥순아!"

하고 정답게 말하였다. 옥순이는 아직도 분심이 풀어지지 아니하였는지 뾰로통해서 눈을 내리깔고 있다가 막동이를 힐끗 쳐다보며

"막동아, 나는 네가 제일 보기 싫단다. 내 옆에 오지도 말아라. 난 너하고 말도 안 할 테니⋯⋯."

하고 홱 돌아서서 가 버렸다. 막동이는 기가 막혀서

"흥, 어디 보자."

하였지마는 속으로는 몹시 섭섭하였다. 그리고 막동이는 옥순이가 만일 사내라면 한번 혼내 주고 싶었다. 학교에 가서도 운동장과 교실에서 여러 번 옥순이를 만났으나 찬바람이 획획 돌도록 쌀쌀하였다. 옥순이는 막동이의 책이 먹칠해진 것을 보았다. 박 선생이 보면 막동이가 단단히 혼날 것을 알고 그 꼴을 어서 보고 싶었다.

이 학교의 박 선생은 본래 소학교 교사에는 맘이 없고 의사 공부를 해서 시험을 치르려고 은근히 늘 그런 책을 보는

사람이었다. 그는 날마다 책상 서랍에서 책을 꺼내어 가지고 학생들 가르치는 틈을 타서 한가한 때는 교실에서도 책을 보는 버릇이 있었다. 학생들은 궁금해서 그 책을 보고 싶었지마는 그가 늘 서랍에 열쇠를 채워 두는 고로 볼 수가 없었다. 남학생이나 여학생이나 그 책이 이상스러운 것이라고 별별 말을 서로 하지마는 실상 내용을 아는 학생은 하나도 없었다. 그런데 옥순이가 빈 교실에 혼자 들어가다가 선생님 책상 서랍이 조금 열려 있는 것을 보았다. 옥순이는 호기심이 뻗쳐 서랍에 손을 대었다. 그리고 사방을 휘휘 돌아보니 아무도 없었다. 옥순이는 얼른 그 책을 꺼내 보기 시작하였다. 한 장, 두 장 넘기는데 이상한 그림이 많아 정신없이 들여다보는 그때, 등 뒤에서 인기척이 났다. 옥순이는 깜짝 놀라 돌아보니 막동이가 서 있었다. 옥순이가 얼른 책을 덮는 서슬에 그 그림이 쭉 찢어졌다. 옥순이는 황급해서 책을 얼른 서랍에 넣어 버렸다. 그리고 막동이를 흘겨보며

"너, 선생님한테 이르려고 그러는구나. 에, 분해! 난 인제 선생님한테 생전 첨 매를 맞겠다. 맘대로 해라! 나는 네가 혼날 것을 알고 있다! 에, 보기 싫어!"

하고 옥순이는 골이 통통히 나서 마루를 통통 구르며 가 버렸다. 막동이는 머쓱하니 서서 옥순이의 붉은 댕기가 너울거리는 것을 바라보다가

"흥! 계집애라 할 수 없군! 사내자식이 그까짓 것을 선생님한테 고자질할 줄 알고! 뭘 내가 이르지 않더라도 선생님

이 책을 꺼내 보면 으레 알게 될걸. 에, 모르겠다. 그까짓 것 곰곰이 생각할 게 뭐야!"

하고 막동이는 운동장으로 나가서 아이들과 뛰놀며 쾌활하게 장난하였다.

조금 후에 상학종이 땡땡 울렸다. 막동이는 공부를 하며 곁눈으로 옥순이를 쳐다보니 옥순이는 한심하게 풀이 죽어서 구슬 같은 까만 눈동자만 굴리고 있었다. 그래서 막동이도 어쩐지 실심해지는 것 같았다. 그러다가 자기 책을 들여다보니 언제 칠한 먹인지 새까맣다. 막동이는 깜짝 놀랐다. 전에도 책을 더럽게 했다고 매를 여러 번 맞았다. 어찌나 선생님이 책을 깨끗이 하라는지, 조금만 손때가 묻거나 찢어지면 굉장히 야단을 치는 통에 막동이는 할머니에게 졸라서 유지◆로 책뚜껑을 배접했지마는◆◆ 원체 책을 험히 가지는 막동이는 다른 아이보다 훨씬 더럽혔다. 그래서 선생님이 유독 자기의 책을 주의해 볼 텐데, 이렇게 먹칠을 했으니 매는 갈데없이 맞았다고 막동이는 입맛을 쩍쩍 다셨다. 대관절 이것은 누가 한 짓일까! 옥순인가? 수철인가? 다른 아이인가? 이렇게 막동이가 걱정하는 눈치를 옥순이도 경황없는 중에도 알아채고 속으로 시원해하였다. 옥순이는 그것이 수철이가 막동이를 미워하여 원수 갚음으로 몰래 한 것임을 알았다. 그것을 막동이에게 알려주고 싶었으나 그만둔 것

◆ 기름을 먹인 종이. 기름종이
◆◆ 종이, 헝겊 또는 얇은 널조각 따위를 여러 겹 포개어 붙였지마는

이다. 막동이는 퀭한 눈을 두리번거리며 선생님이 후려갈길 뜨끔뜨끔한 매를 생각하느라고 옥순이의 일은 잊어버릴 지경이었다. 아니나 다를까 호랑이 같은 박 선생은 막동이 책을 턱 집어 가지고

"이놈! 또 이렇게 책에다가 묵화를 그려 놓았어! 추접스러운 자식! 이리 나와!"

막동이는 도수장에 끌려가는 소처럼 나섰다. 박 선생은 기다란 대설대◆로 막동이의 등을 여러 번 후려갈겼다. 이럴 때는 비록 막동이를 미워하는 학생이라도 너무 끔찍스럽고 가엾어 막동이를 동정하는 눈으로 쳐다보고 선생님에게는 미워하는 눈을 흘겨 쏘는 것이었다. 그것은 꼭 막동이만 맞는 것이 아니요, 자기들도 같이 맞는 것처럼 생각되었기 때문이다. 옥순이도 시원하면서도 애처로웠다. 막동이는 실컷 맞고 제자리로 와서 앉았다. 그리고 성이 나서 씩씩거리기만 하였다. 다른 아이 같으면 울었을 것이다. 시치미를 뚝 떼고 앉았는 것을 볼 때 여러 동무들은 장하다고 생각하였다. 박 선생은 다시 교단에 올라가서 의자에 앉더니

"자, 복습을 해!"

하고 소리쳤다. 학생들은 소리를 내어 읽기 시작하였다. 갑자기 교실 안은 벌 떼나 악머구리◆◆ 우는 것같이 요란하였다. 운동장에 둘러선 버드나무에서 우는 매미 소리에 섞

◆ '담배설대'의 방언. 담배통과 물부리 사이에 끼워 맞추는 가느다란 대
◆◆ 참개구리

여 한층 더 소란하였다.

박 선생은 천천히 서랍을 열기 시작하였다. 다른 아이들은 끄떽거리며 모가지에 핏대줄을 일으켜 가며 글 읽느라고 이런 것을 못 보았지마는 그중에 두 학생은 숨도 못 쉬고 박 선생의 거동을 살펴보는 것이었다. 그것은 옥순이와 막동이었다. 박 선생은 책장을 넘기기 시작하였다. 막동이는 옥순이를 흘깃 바라보았다. 옥순이의 얼굴은 잿빛으로 죽을상이 되었다. 그 무서워 떠는 아름다운 눈! 마치 포수에게 노림을 받아 떠는 토끼의 눈과 같았다. 막동이는 옥순이와 싸웠던 것, 옥순이가 자기를 미워했다는 것은 금방 다 잊어버렸다. 그리고

'얼른! 어서! 어떻게든지 하지 않으면 안 될 텐데! 그것도 지금 곧 당장에라야 되겠는데! 옳지! 얼른 저 책을 툭 빼앗아 가지고 밖으로 도망해 버릴까?'

이렇게 막동이가 생각하는 동안에 벌써 박 선생은 책이 찢어진 것을 알고 학생 일동을 노려보았다.

"그만 읽어!"

하고 박 선생은 소리를 벽력같이 질렀다. 웬 영문인지 모르는 학생들은 선생님의 무서운 목소리, 칼날 같은 눈초리와 마주칠 때 어쩔 줄을 몰랐다. 교실 안은 죽은 듯이 고요해졌다. 박 선생의 얼굴은 붉으락푸르락하였다. 그리고 꼬챙이로 찌르는 듯한 목소리로

"누가 이 책을 찢었어?"

달그락 소리도 없이 조용하였다. 바늘이 떨어져도 들을 수 있을 만하였다. 침묵은 계속되었다. 박 선생의 숨결만 높아 갔다. 박 선생은 학생들의 얼굴에서 천기예보를 보려는 듯이 훑어 내려갔다. 그리고 전에 하던 법대로 하나씩 하나씩 이름을 불러 물어보기 시작하였다.

"용식아, 네가 그랬니?"

용식이는 아니라고 하였다. 또 조용해졌다.

"그럼 희숙이 네가 했니?"

"아니에요!"

하고 여학생 희숙이는 떨리는 목소리로 대답하였다.

"유돌이가 그랬구나?"

"아니에요."

"그럼 복례, 너는?"

"아니에요."

"천식아! 너는?"

"아니에요."

"복례냐?"

"아니에요."

"그럼 명호냐?"

"아니에요."

"그럼 누구란 말야! 이놈들, 속이면 모두 벌을 씌울 테야! 그럼 수철이냐?"

"아니올시다, 아니에요."

그다음이 옥순이 차례였다. 막동이는 차마 옥순이를 쳐다볼 수 없었다. 입에 침이 마르고 가슴이 울렁거렸다.

"그럼 옥순이 너로구나."

하는 박 선생의 목소리가 폭포처럼 옥순이의 머리 위에 내리질릴 때 옥순이는 기절할 듯 얼굴이 파랗게 질려 바르르 떨었다. 박 선생은 쥐를 잡은 고양이처럼

"옥순아, 어디 나를 똑똑히 쳐다보아라. 네가 이 책을 찢었니?"

하고 가슴을 뚫을 듯이 노려보았다.

옥순이는 울 듯이 박 선생을 바라보고 애원하듯 손을 들려고 머뭇거리며 "네" 하고 대답하려고 입술을 떨었다. 그러나 차마! 차마! 못 해서 애를 바득바득 쓰는 그 가련한 광경! 막동이는 갑자기 머리에 번개처럼 획 지나가는 생각을 얼른 움켜잡고 벌떡 일어나 소리쳤다.

"선생님! 제가 찢었습니다."

교실 안에 있는 학생 일동은 깜짝 놀라 막동이를 쳐다보았다. 설혹 그런 짓을 했더라도 죽도록 매 맞을 이런 큰일을, 끝끝내 안 했다고 잡아떼도 그만일 것을 했다고 일어서는 것이 어리석다고 아이들은 생각하였다. 그러나 막동이는 매를 맞으려고 뚜벅뚜벅 걸어 나갔다. 용감한 소영웅의 얼굴에는 조금도 무서움이 없었다. 이것을 보는 옥순이는 놀람과 감사와 숭배와 백 개 채찍이 내갈기는 것도 같고, 온몸에 소름이 쫙 끼치며 눈물이 펑펑 쏟아지려고 하였다. 박 선

생의 사정없는 매는 막동이의 전신을 소나기처럼 내리질렀다. 그러나 막동이는 놀랍게도 성스러울 만치 눈도 깜짝 아니 하고 매를 맞고 서 있었다. 옥순이는 막동이 앞에 달려가 그 발 앞에 엎드려 울고 싶었다.

그 시간이 파한 뒤에도 막동이는 두 시간이나 서서 벌을 섰다.

저녁때 막동이가 집으로 가는데 뒷동산 밑에서 헐레벌떡 거리며 쫓아오는 옥순이를 만났다. 옥순이는 한참 정신 놓고 섰다가

"막동아, 너는 어떻게 그렇게 훌륭하고 장하냐? 대장이다, 대장부다! 나는, 나는……."

하고 울었다. 막동이의 가슴에는 환한 빛이 들어오는 것 같았다. 퍽 고상하고 깨끗하고 아름다운 무엇이 날아 들어오는 것 같았다.

"옥순아, 우리 사화하자. 응?"

"응."

하고 옥순이는 어린애처럼 고개를 끄떡끄떡하였다. 서산으로 넘어가는 해는 구름을 붉게 물들여 주어 극히 찬란하였다. 그들은 그것을 바라보며 아무 말 없이 나란히 걸어갔다.

8

여름방학이 가까웠다. 박 선생은 점점 학생들에게 심하게 굴었다. 성미가 어찌나 개차반 같은지 학생을 때려 주지 못하는 날은 직심◆이 풀리지 않아서 심술을 부렸다. 사람도 천층만층이라 어떤 선생님은 학생을 아들이나 누이처럼 사랑하는데, 박 선생은 학생을 왜 그렇게 미워하는지 알 수 없는 일이었다. 박 선생에게 또 한 가지 특별한 것이 있다. 그것은 나이가 마흔 살인데 대머리가 홀떡 벗어진 것이다. 그 대머리가 얼마나 미끄러운지 파리가 스케이트를 타다가 미끄러지기 일쑤요, 해가 비치기만 하면 거울보다 더 번쩍거려 학생들의 눈을 부시게 하였다. 대머리가 벗어졌을지라도 사람이나 적이 좋으면 귀염성 있게 보일 텐데, 원체 밉살머리스러운 선생이라 박 선생의 홀떡 벗어진 대머리가 학생들의 제일 미운 물건이 되고 말았다. 그래서 학생들끼리 모여 앉으면 박 선생의 대머리 타령이 굉장하였다.

"나이는 젊은데 왜 그렇게 대머리가 홀떡 벗어졌을까?"

"그게 다 우리를 너무 때려서 죄 받느라고 그렇지."

"아무튼 병신이지 뭐야?"

"아마 또 그 의사 공부인지 뭔지 밤낮 해서 머리가 빠지는 거야."

◆ 한결같이 굳게 지켜나가는 마음

소영웅   87

이렇게 학생들이 쑥덕공론을 하고 미워하는 줄 뻔히 알면서도 박 선생은 조금도 속을 차리지 아니하고 여전히 학생들에게 매질을 하였다. 어린 학생들은 학교에서는 박 선생만 보면 고양이 만난 쥐처럼 바르르 떨지마는 밤에 학생들끼리 모이면 박 선생에게 언제 한번 원수를 갚자고 공론이 불붙었다. 그래서 그들은 소곤소곤 이야기하여 이번 학예회 하는 날 밤에 박 선생을 망신시키기로 하고 어떻게 할 것인지를 몇몇 학생이 단단히 짰다.

학생들이 손꼽아 기다리던 학예회 날은 닥쳐오고야 말았다. 밤 여덟 시에 학교 교실에는 남폿불◆이 여기저기 환하게 켜졌다. 여름의 벌레들은 제 세상이나 만난 듯이 날아들어 춤을 추고 야단법석이었다. 촌에서 구경에 굶은 남녀노소는 물밀듯 와서 벌의 집이나 터진 듯이 떠들어 대었다. 아이들의 빼빼거리는 울음소리, 부인네들의 비단 찢는 듯 꾸짖는 소리, 별별 이상야릇한 소리가 다 들렸다. 교실은 터지도록 사람의 젓을 담고 남아서는 꾸역꾸역 나와서 운동장에까지 즐비하였다.◆◆

학예회는 시작이 되었다. 교장의 개회사가 있고 그다음에는 남녀 학생들의 연설과 창가가 있었다. 맨 나중에 박 선생이 학생을 가르치는 모본을 보이려고 칠판에 그림도 그리고

◆ 석유를 넣은 그릇의 심지에 불을 붙이고 유리로 만든 등피를 끼운 남포등에 켜 놓은 불
◆◆ 이 문장은 교실에 사람이 미어터져 결국 운동장에까지 즐비하게 되었다는 뜻을 젓갈에 비유한 것이다. 문장의 의미가 쉽게 와닿지 않지만, 원문을 존중해 본문에는 원문 그대로 표기했다.

지도도 그리는 순서가 있었다. 박 선생은 돌아섰다. 일동은 박 선생의 대머리 벗어진 뒤통수를 보고 모두 웃었다. 그것은 대머리를 보고 웃는 것이 아니라, 그 번질번질한 뒤통수에 먹으로 눈과 코와 입과 수염까지 천연 얼굴처럼 그려져 있는 것을 보았기 때문이다. 일동은 킬킬, 깔깔 웃었다. 아무리 점잖은 사람이라도 웃지 않을 수 없었다. 그러나 박 선생은 웬 영문인지 모르고 연해 설명을 하면서 그리고 있었다. 선생들도 무슨 까닭인지 몰라 걱정을 하면서도 웃지 않을 수 없었다. 그 뒤통수에 그린 얼굴은 더구나 눈을 부릅뜨고 있는 우습게 생긴 것이었다. 남녀 학생들은 자지러지게 웃었다. 더구나 원수를 갚고자 이 일을 꾸민 학생들은 겁이 나면서도 아주 고소하였다. 박 선생은 그제서야 자기가 설명을 잘해서 웃는 것이 아니라는 것을 알고 눈이 동그래져서 사방을 돌아보았다. 일반 손님 중에서는 손님을 웃게 하려고 박 선생이 일부러 여흥으로 이렇게 하였나 하고 생각하면서도 여흥이라 하더라도 선생 체면에 너무 천착한 짓을 하였다고 비웃는 사람도 있었다.

이것은 학생 중에 몇 명이 박 선생이 날마다 낮잠 자는 것을 알고 그 틈에 몰래 그린 것이었다. 나중에 박 선생은 자기가 큰 망신을 당한 것을 알고 얼굴이 새빨개져서 어찌할 줄을 몰랐다. 학생들은 아무리 나쁜 선생에게라도 너무 과히 하였다고 후회하였다. 박 선생도 그다음부터는 좀 순해졌다.

여름방학이 되었다.

막동이는 방학이 되니 퍽 좋았다. 그러나 며칠 실컷 목욕하고 낚시질하고 놀고 나니 오히려 심심하였다. 학생들은 뿔뿔이 어디로 가 버리고, 더구나 옥순이는 아버지와 금강산으로 삼방◆ 약수터로 서울로 구경하러 가서 막동이는 아무 재미가 없었다. 집에서 공부하며 일기 쓰는 것으로 심심풀이를 하였다. 무더운 날은 계속되었다. 학교가 방학하니 동네가 죽은 듯하고 텅 빈 것 같았다. 8월에 원산에서 청인이 원숭이를 놀리러 와서 며칠 동안은 재미있게 구경하였으나 그것마저 가 버리니 더구나 쓸쓸하였다.

막동이는 유돌이와 함께 참외막에 가서 참외 사 먹는 것이 제일 기뻤다. 그러나 얼마 후에 날마다 비가 쏟아져 장마가 졌다. 비만 주룩주룩 쏟아지니 나가서 놀 수도 없고 집에 들어박혀 앉아 있노라니 정말 갑갑해서 견딜 수가 없었다. 어서 개학이 되었으면 하였다.

날마다 번개가 번쩍번쩍하고 천둥이 요란하고 비는 하늘이 터진 듯 폭포 줄기처럼 퍼부었다. 개울물은 요란한 소리를 지르며 흘러갔다. 막동이는 동무들과 나가서 물 구경하는 것이 여간 좋은 것이 아니었다. 물이 조금 빠진 뒤에는 고기를 잡았다. 장마가 끝난 후에는 앞산 옆에 고운 무지개가 섰다. 막동이는 그 무지개를 퍽 오래오래 쳐다보았다. 그 오

◆ 함경남도 안변군에 있는 명승지. 예전에 남북 간의 중요한 통로를 이루어 세 군데에 통행인을 검사하는 관방(關防)이 설치되어 있었던 데서 비롯한 이름. 특히 삼방 약수(三防藥水)로 유명한데, 이곳은 현재 강원도 세포군 삼방리에 있는 북한의 천연기념물로 삼방역에서 북서로 약 1km 정도 떨어진 곳에 있다.

색이 영롱한 무지개가 하늘로 뻗친 것이 몹시도 아름다웠다. 막동이는 생각의 날개로 훨훨 올라가 그 무지개를 타고 놀았다.

여름방학은 몹시도 길었다. 그렇게 실컷 놀고 싫증이 나도록 지냈건마는 아직도 개학하려면 멀었다. 막동이는 남은 날들을 어떻게 보낼까 하고 생각하였다. 문득 이상한 것이 그의 머리를 스쳐 갔다. 동네 늙은이들이 동구나무 밑에서 하던 이야기가 생각이 났다. 다른 게 아니라 예전에는 난리가 나거나 도둑이 쳐들어오면 금이나 보화를 땅속에 파묻고 도망한 일이 많아서 지금도 깊은 산중 어디를 파면 그런 금덩어리 보화가 나온다는 것이었다. 막동이는 유돌이에게 가서 이런 이야기를 하였더니

"얘, 그것 참 좋다. 우리도 찾아보자."

하고 내달았다.

"우리 심심한데 해 볼까?"

하고 막동이도 찬성하였다. 그들은 호미와 괭이를 들고 뒷동산으로 갔다. 뒷동산 큰 나무 밑에 가서

"얘, 여기는 금덩이를 파묻어 두었음 직한 곳이지?"

하고 유돌이가 말하니

"글쎄, 그럴 듯도 하다."

하고 막동이는 싱긋 웃었다. 그들은 땀을 뻘뻘 흘리며 땅을 파면서 이야기를 나누었다.

"큰 금덩이가 나오면 어떻게 할까?"

"팔아서 저금했다가 이담에 어른 되거든 쓰지."

"무엇에다가 그걸 다 쓸까?"

"뭘, 공부도 하고 학교도 짓고 가난한 사람도 주고 쓸데가 좀 많을까."

"대관절 어디 금이 나오니?"

"좀 더 파 보자."

천진한 그들은 이렇게 땅을 팠다.

"암만해도 없나 보다. 우리 다른 데로 가자."

"어디로 갈까?"

그들은 잠깐 쉬면서 이야기하였다.

"우리 이 산 뒤에 있는 도깨비집으로 갈까?"

"거긴 왜?"

"그런 데에 혹 금덩이나 무엇을 감추어 두었을지 모르니."

"참 그렇긴 해. 우리 그럼 거기로 가 볼까?"

"그래."

유돌이와 막동이는 마음이 맞아서 조그마한 고개를 넘어 도깨비가 산다는 빈집에 갔다. 그 집은 커다란 기와집으로 선왕당• 비슷한 것인데 오래전부터 빈집이요, 더구나 밤에는 도깨비한테 몰켜서 별짓을 다 하는 집이라고 해서 아무도 가는 사람이 없었다.

그들은 한참 후에 그 도깨비집에 도착하였다. 비록 대낮이지마는 축축한 바람이 휘 불고, 쓸쓸한 큰 집 속이 무시무

• 토지와 마을을 지켜 준다는 서낭신을 모신 집. 서낭당

시하였다. 거의 무너진 벽이나 천장은 도깨비들이 실컷 장난한 흔적같이 보였다. 그들은 조심조심 그 집 안으로 들어갔다. 어느새 해는 넘어가려고 하여 침침하였다. 그들은 집 안과 마당과 뒤를 돌아다니며 보화를 파묻어 두었을 듯한 곳을 찾아보았다.

그런데 갑자기 어디서인지 이상한 소리가 들렸다. 유돌이는 깜짝 놀라

"가만있어! 저게 무슨 소리야!"

하고 눈을 크게 떴다. 막동이도 그제서야 그 이상한 소리를 듣고 멈칫하며

"글쎄, 뭘까?"

하고 사방을 휘휘 둘러보았다. 그들의 머리끝은 하늘로다 올라가는 것 같았다. 그 소리는 사람의 소리와도 같고 짐승의 소리와도 같았다. 그리고 우는 소리인지 웃는 소리인지 일종 괴상한 소리였다. 그리고 바로 가까이서 들렸다. 막동이와 유돌이는 온몸에 찬물이 쭉 끼얹히는 것 같으면서 무서운 생각이 덜컥 일어났다. 그들은 그것이 무슨 소리인가를 분간하려고 귀에다가 온 정력을 들였다. 그러나 그 이상한 소리는 뚝 끊겼다. 죽은 듯한 적막이 계속되었다. 그것이 소년들을 한층 더 무섭게 하였다.

"히! 히히…… 히히……."

하는 굵은 웃음소리가 들렸다. 그것은 웃음소리라기보다 귀신이 우는 소리와 같았다. 소리는 아까보다 훨씬 가까이

에서 들렸다. 꼭 그들의 뒷덜미에 귀신이 붉은 혓바닥을 내밀고 잡아먹으려고 덤비는 것 같았다. 막동이와 유돌이는 꼭 붙어 서서 손을 서로 꽉 쥐었다. 그것은 죽어도 함께 죽자는 것이었다. 그들의 꼭 쥔 손에는 땀이 흘렀다.

여우나 도깨비가 장난하는 것인가? 귀신인가? 사람인가? 그들은 뒤를 돌아보고 무엇인지 얼른 알기나 하면 시원할 것 같았다. 그러나 얼른 고개를 돌릴 용기가 나지 않았다. 죽어도 서서 죽을 수밖에 없다고 생각하였다. 그들은 박힌 듯이 서 있을 수밖에 없었다. 그리고 무슨 말을 하려고 해도 입술이 달라붙어 소리가 나오지 않을 것 같았다. 바람이 휘불며 나무와 풀이 흔들흔들하였다.

"자, 돌아다보자!"

하고 막동이가 가만히 속삭였다.

"그러자!"

그들은 최후의 용기를 내어 획 돌아보았다.

9

유돌이와 막동이가 무서워서 벌벌 떨며 흘끗 돌아다보니 거기에는 험상스럽게 생긴 사내 셋이서 두런두런하며 오는 것이었다. 막동이와 유돌이는 얼른 담 모퉁이로 숨어서 그들의 눈에 띄지는 아니하였다.

"무엇 하는 사람일까?"

유돌이는 막동이의 귀에 대고 가만히 속살거렸다.

"쉬, 가만히 있어⋯⋯."

막동이는 유돌이의 손을 꼭 잡았다. 이 도깨비집이 있는 산속은 사람이 별로 오지 않는 곳이다. 나무꾼들이나 가끔 지나다니다가 들르는 수는 있지마는 일부러 오는 사람은 없는 것이다. 그런데 이렇게 다 저녁때 이상스럽게 생긴 사람들이 오는 것은 소년들에게 놀람과 의심을 주기에 넉넉하였다. 물론 그 사내들도 이 두 소년을 보았다면 더 한층 놀랐을 것이다. 세 사람은 도깨비집 마루 있던 곳, 지금은 마루가 다 없어지고 흙바닥만 된 데 앉는 모양이었다.

"에, 거 꽤 멀기도 한데."

굵고 탁한 목소리가 들렸다.

"바다에서 산길로 사오 리나 되니 멀지 않겠나?"

"하기는 으슥하니 그럴듯허이."

"제일에 여기는 도깨비집이란 별명이 있어 사람이 도무지 아니 오는 데라서 무얼 감추어 두기는 그만이야. 하하하."

"응, 잘 되었네."

"어디 대관절 얼마나 되나 내봐 보게."

그들은 허리춤에서 제각기 무엇을 내놓는데 돈 소리, 쇳 소리가 절그럭절그럭하였다. 막동이와 유돌이는 눈을 크게 뜨고 마주 쳐다보았다.

"도둑놈이지?"

"가만있어!"

막동이는 고개를 끼웃이 내밀어 그들이 앉은 곳을 엿보려 다가 자라 모가지처럼 움찔하였다.

"히히히, 오늘 행보는 괜찮은데."

"모두 합하면 오천 냥은 되겠네."

막동이와 유돌이는 또 눈이 동그래져서 마주 쳐다보았다.

"그 조그만 배에 이렇게 큰돈이 있더람! 하하하."

막동이와 유돌이는 고개를 서로 끄덕끄덕하였다. 그것은 '옳지, 너희들이 바다에 지나가는 배를 붙잡고 물건을 빼앗 는 도둑놈들이로구나' 하는 뜻이었다. 막동이와 유돌이는 이런 도둑이 가끔 이 동네에도 들어온다는 이야기를 들었던 까닭이다.

"그러면 이것을 여기다가 파묻고 갈까?"

"암, 그래야지. 돈을 우리가 지니고 다니다가는 붙잡히기 쉽고 하니 여기 파묻었다가 며칠 후에 오기로 하세."

"그도 그럴듯하지만 누가 파 가면 어쩌나?"

"하하하, 아니 우리 말고는 쥐도 새도 모르는데 누가 가져간단 말인가?"

"그리고 우리가 이것만 가지고서야 어디 되겠나? 일을 좀 더 해야지. 아니, 여보게. 저 영일◆에서 장전◆◆으로 가는 배가 일간 지나간다는데 괜찮다대."

"응, 나도 들었어. 그러나 이번에는 우리 셋쯤으로는 안 될걸."

"그럼 동무를 좀 더 청하세나그려."

"자, 그럼 어서 파묻고 가세. 해도 넘어가니."

막동이와 유돌이는 침을 꿀꺽 삼켰다. 사내들이 돈 오천 냥을 파묻고 가면 그다음에는 자기들의 것이 되리라는 생각을 하니 너무 어마어마해서 다리가 부들부들 떨리고 맥이 탁 풀리는 것 같았다. 그리고 막동이와 유돌이는 서로 쳐다보며 억지로 빙긋 웃었다. 돈 오천 냥과 그밖에 무슨 보물들, 그것을 생각하니 소년들은 천하에 제일가는 부자가 되는 것 같았다. 무엇인가로 땅을 파는 소리와 썩썩하는 숨소리가 요란히 들렸다.

"그만 팔까?"

"아니, 조금 더 파게."

한참 후에 돈과 보물을 파묻고 발로 쿵쿵 다지는 소리가 났다.

◆ 경상북도 포항 지역에 있었던 옛 지명으로 1995년에 포항시에 통합되었다.
◆◆ 북한에서는 고성항(강원도 고성군에 위치)이라고 부르는 항구로 금강산과 가장 가까운 항구로 유명하다.

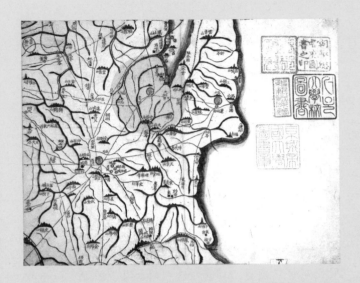

The Chosen port, is within about six hours' reach from Gensan. The northern part of the port having great depth of water makes a good mooring place. The mountain ranges represented in the picture is the Gyokujo.

• 대동여지도에 표기된 영일군(표시한 부분의 정중앙)
• 금강산 장전항과 그곳을 지나는 선박

"인제 그만해 두고 슬슬 내려가세. 오늘 밤에는 단단히 좀 먹세."

그들은 벌떡 일어났다.

"여보게, 가기 전에 이 집을 한번 휘 돌아보세. 혹 거지새끼라도 없나."

막동이와 유돌이는 깜짝 놀라서 몸이 한 줌만 해지는 것 같았다.

"원, 별소리가 다 많으이. 이 무서운 밤에 누가 여길 온단 말인가? 잔수작 말고 어서 가세. 출출해 죽겠네."

막동이와 유돌이는 그 나중에 말한 사람이 할아버지보다 더 고마워서 절이라도 하고 싶었다.

"글쎄, 그렇다면 가세."

그들은 껑충껑충 산에서 내려갔다. 막동이와 유돌이는 죽었다가 살아난 것 같았다. 그들은 손을 맞잡고 조심조심 담모퉁이를 돌아 그 도둑들이 앉았던 곳으로 갔다. 해는 넘어가 어둠침침하여서 무시무시하였다. 풀숲에서 벌레 소리가 요란하였다. 막동이와 유돌이는 그때처럼 정신이 바짝 들고 무섭고도 기쁘고 무척 긴장해 보기는 처음이었다. 당장 발 앞에 금덩이가 있다고 생각하니 꿈같았다.

"막동아, 이게 꿈은 아니지?"

"그럼, 꿈은 아니야."

"도깨비에게 홀린 것도 아니지? 아까 그것들이 여우나 도깨비가 아닐까?"

"아니, 아니. 꼭 사람이야."

"그럼 우리 파 볼까?"

"그래, 무얼로 파나? 바로 요긴데."

그들은 손과 발이 약간 떨렸다.

"이 돈을 파서 어떻게 할까?"

"반씩 나누지."

"아니, 그러다 어른한테 들키면?"

"글쎄, 그럼 아주 어른한테 말하고 같이 와서 파 볼까?"

"아니, 아니. 그럼 뭐 다 빼앗기고 우리 차지는 없게."

"아니, 좋은 수가 있다. 자, 이걸 파서 우리도 다른 데 감추어 두었다가 이담에, 이담에 어른이 되면 쓰자."

"옳지, 참 그것 좋은 꾀다. 넌 이담에 그 돈으로 무엇 하련, 막동아?"

"나는 그 돈으로 말 사고 총 살 테야. 유돌아, 너는?"

"나는 말야, 서울 가지고 가서 공부할 테야. 그래도 너 말과 총이 몇 푼 되니, 남는 것을 무엇 하련?"

"나도 공부하지."

"또 그담에 남는 돈으로는?"

"아이, 그렇게 많이 남을까?"

"그럼, 돈 천 냥이 얼마나 많은데……."

"그럼 그 남는 돈으로 장가들지."

"장가? 히히히. 너 옥순이한테 장가갈 테냐?"

"그럼 너는 누구한테?"

"나는 장가 안 갈 테야."

"아주 영영 늙은 총각으로 죽을 테냐?"

"그럼."

"왜?"

"왜는 뭐, 너희 집이나 어느 집이나 다 보면 내외가 쌈만 하지 않던? 그게 무슨 재미람. 난 죽어도 장가는 안 갈 테야."

"하기는 나도 몰라. 말 사고 총 사서 공부한 담에 쌈하러 나가면 어떻게 될지. 아니, 그건 그렇고. 어서 파야 할 텐데."

그들은 손으로, 사금파리◆로, 꼬챙이로 파기 시작하였으나 좀체 파지지 아니하였다.

"암만해도 무슨 연장이 있어야겠는데."

"가만있자……."

하고 막동이는 턱에 손을 괴고 눈을 깜박깜박하며 생각하였다. 막동이는 언제나 성미가 급하지마는 또 침착할 때는 궁둥이에 대포를 놓는다고 해도 꼼짝하지 않는다.

바로 그때였다. 어디서 귀신이 우는 소리 같은 웅얼웅얼하는 소리가 들렸다. 막동이와 유돌이는 깜짝 놀라 벌떡 일어났다. 온몸에 소름이 쭉 끼치고 머리끝이 모두 하늘로 곤두서는 것 같았다.

"이게 무슨 소리냐?"

"가만있어! 사람의 소리다."

"얼른 숨어야지."

◆ 사기그릇의 깨어진 작은 조각

과연 사람의 웅성웅성 떠드는 소리가 크게 들렸다.

"에, 공연히 한참 헛걸음을 했지?"

하는 소리가 들렸다. 그것은 분명히 아까 그 도둑 세 사람이 틀림없었다. 막동이와 유돌이는 웬 영문인지 몰라 어찌할 줄을 몰랐다.

대관절 그들이 왜 다시 왔을까? 돈을 다시 파 가려는 것일까? 혹은 무슨 눈치를 챈 것일까? 좌우간 두 소년은 몹시 실망하고 또 한편 무서웠다. 인제는 아주 캄캄해지고 별빛만이 흐를 뿐이었다.

"글쎄, 어쩌면 세 사람이 똑같이 생각을 못 했을까?"

"대관절 돈은 한 푼 없이 가면 술은 무엇으로 사 먹고, 자기는 어떻게 잔담. 미련하긴 곰의 새끼들이라니."

"아니, 누가 그런 줄 알았나? 서로 잔돈은 가진 줄 알았지."

"잔소리 그만두고 어서 파 젖히고 돈 몇십 냥 꺼내! 에이, 속상해."

막동이와 유돌이는 한편으로는 안심되고 또 한편으로는 몹시 걱정되었다.

"악!"

하는 소리가 들렸다.

"아니, 왜? 응? 그렇게 놀래?"

"이, 이, 이것 좀 보게!"

하고 그들은 몹시 황황해하였다.

"뭐? 뭐야?"

"아니, 글쎄 누가 벌써 이렇게 파 젖혔으니 웬일일까?"

"파다니? 누가 파, 고새?"

"아니, 그래도 파 젖힌 자리가 있는걸."

"귀신이 그랬담? 도깨비가 그랬담?"

"뭘, 짐승의 발자국이겠지."

"아니, 아니. 분명히 사람의 짓이야. 대관절 돈이나 있는지?"

막동이와 유돌이는 털썩 주저앉고 싶었다. 모든 것이 당장에 틀려 버리니 기가 막힐 뿐 아니라 우선 저들이 자기들을 어떻게 처치할지 겁이 났다. 그들에게 붙들려 맞아 죽는 수밖에 없다고 생각되었다.

"글쎄, 아까 내 뭐래? 이 집을 한번 휘 살펴보랬지? 암만해도 사람이 있는 거야."

"그럼 인제라도 좀 볼까?"

그들은 우르르 몰켜 왔다. 그중에 하나는 성냥불을 득 그었다. 막동이와 유돌이는 독 안에 든 쥐처럼 바르르 떨며 갈팡질팡하였다. 꼼짝없이 잡히는 수밖에 없었다. 도망할 길은 도무지 없고 담이 막혀 막다른 골목이었다. 담을 뛰어넘을 수도 없고 그야말로 하늘로 올라가거나 땅속으로 들어가기 전에는 도리가 없었다. 막동이는 얼른 지혜와 담력을 내어 유돌이의 귀에 대고

"자, 우리 이왕 죽을 바에는 한번 용기를 내서 '도둑이야!' 소리치고 우리가 먼저 서두르자! 응? 어른 목소리로 크게 지르자. 자, 어서!"

하고 재촉하였다. 막동이와 유돌이는 발을 구르고 내달으며 갑자기

"도둑놈아! 게 있거라!"

하고 굵은 목소리로 소리를 질렀다.

과연 그들이 최후로 필사의 용기를 내어 호통을 치며 내닫는 바람에 어둠 속에서 더듬거리며 오던 도둑들은 뜻밖에도 놀라서 혼비백산하여 걸음아 날 살려라 하고 도망질을 치는 것이었다.

"이놈들! 이 도둑놈들!"

하고 막동이와 유돌이는 소리쳤다. 그러나 그것은 무서움에서 나오는, 헛총 나오는 목소리였지마는 도둑놈들은 그것이 두 사람, 특히 소년의 목소리인 것을 분간할 사이가 없었다. 그러나 유돌이와 막동이도 소리치면서 다른 방향으로 도망가는 것이었다.

10

막동이와 유돌이가 토끼처럼 뛰어서 동네까지 오니 물에 빠진 생쥐처럼 땀이 쭉 흘렀다. 그들은 집에 가서 그 이야기를 하고 장정 몇 명을 데리고 다시 산속 도깨비집에 가 보았다. 그들이 들고 가는 등불은 나무가 우거진 산속에서 반딧불처럼 반짝거렸다.

도깨비집 마루 밑에 도둑들이 파묻고 간 보물을 찾으려고 그들은 등불을 비추며 괭이를 들었다. 그러나 벌써 누가 파 갔는지 흙이 깊숙이 파헤쳐지고 텅 비어 있었다.

"아니, 너희들이 정말 도깨비한테 홀렸구나."

하고 그들은 기가 막혀서 고개를 뒤로 잦히며 허허 웃을 뿐이었다.

"아니에요. 바로 요긴데. 그놈들이 어느새 도로 와서 가져 갔고만요."

하고 막동이는 눈이 동그래져서 대답하였다.

"무엇이 어쩌고 어째? 너희들한테 속는 우리가, 에익!"

하고 혀를 차는 사람도 있었다.

"꼭 우리가 봤는데요."

하고 이번에는 유돌이가 잠꼬대처럼 말하였다.

"하기는 파헤친 자리가 있기는 하다마는……. 이상하긴 해."

하고 중얼거리는 패도 있었다.

"쓸데없는 소리 말고 가서 잠이나 자세."

하고 그들은 어슬렁어슬렁 내려왔다. 막동이와 유돌이도 할 수 없이 돌아오면서도 머리를 푹 숙이고 생각에 취하여 있었다. 어떻게 된 셈인지 알 수도 없고 또 분하기도 하였다.

그 뒤에도 가끔 막동이와 유돌이는 그 도깨비집에 가 보았으나 별다른 일이 없었다. 그들은 밤에 잠도 못 자고 꿈을 많이 꾸었다.

그렇게도 덥던 여름도 다 지나가고 가을철에 접어들었다. 그 푸르기만 하던 산은 누렇게 되고 불타는 듯한 단풍이 우거진 옆 바위 사이로 떨어지는 폭포는 단풍의 불을 끄려는 듯이 소방대 펌프처럼 물을 뿜는다.

막동이와 유돌이는 험한 산에 올라가 단풍도 꺾고 머루도 따서 먹었다. 머루를 얼마나 많이 먹었는지 이가 시어서 며칠은 밥을 못 먹었다. 막동이는 산에 가면 꼭대기인 상상봉에 올라가 보아야 맘이 풀렸다. 아무리 바위가 험하고 길이 사납고 높아도 기어이 꼭대기에 올라가서 멀리멀리 내다보아야 가슴이 시원해지는 것이었다. 산에 오르다가 중턱쯤 가서 다시 내려오면 밑 아니 씻은 것처럼 며칠을 두고 께름하였다. 그래서 아이들은 막동이를 다람쥐라고도 하고 산돼지라고도 하며 별명을 지어 불렀다. 막동이는 산에만 가면 훌훌 날았다. 그리고 산꼭대기에 올라가서는 멀리 구불구불 춤추는 산봉우리와 한없이 널브러진 벌판을 멍하니 바라보며, 갈

줄도 모르고 오래오래 깊은 생각에 파묻히는 것이었다.

"유돌아, 저기 저 먼 데는 무엇이 있을까? 한 번 가 보았으면. 저기 저편에는 원산, 저기 저편에는 서울, 또 저 하늘 끝에는 서양국, 그저 껑충 뛰고 날아서 모두 가 봤으면 좋겠지!"

"우리 커다래지면 가 보자, 응?"

"이까짓 좁은 데서 살다가 죽을까 뭐?"

그들의 눈동자는 별처럼 반짝거렸다. 가슴속에는 찬란한 무지개가 서렸다. 며칠 후에 추석이 되었다. 동네 집집마다 떡방아를 찧느라고 야단이었다. 들에는 곡식이 누렇게 익고 동산에는 과일들이 붉은 입술로 웃었다. 막동이와 유돌이는 세로 뛰고 가로 뛰었다. 추석날 밤의 달은 유난히도 밝았다. 중천에 높이 뜬 둥근 달, 곱고도 고운 아가씨가 꿈을 꾸는 듯한 얼굴 같았다. 막동이는 혼자서 집 뒤 후원(후원이래야 산이었다.)에 서서 그 달을 정신 놓고 쳐다보았다.

달 달 달 달 달

어디메로 굴러가니

달 달 달 달 달

게 잠깐 섰거라

달 달 달 달 달

해님이 보고프냐

아침이 되려면

아직도 멀었단다

달 달 달 달 달
굴러서 가지 말고
나하고 놀자꾸나

이러한 노래를 막동이는 불렀다. 멀리서 계집애들의

달아 달아 밝은 달아
이태백이 놀던 달아
…… …… …… ……

하는 노랫소리가 은은히 들렸다.
"막동아!"
하는 소리에 막동이는 깜짝 놀라 돌아보니 옥순이가 서
있었다. 하늘에 있는 달이 금방 내려온 듯 옥순이의 얼굴은
달덩이 같았다.
"너, 뭐하니?"
"달구경!"
"저어, 내 너 주려고 뭐 가지고 왔단다."
"뭐?"
옥순이는 종이에 싼 것을 막동이에게 주었다.
막동이가 펴 보니 거기에는 송편 몇 개가 있었다.
"먹어 봐라. 여간 맛있다고."
"우리 집에서도 송편 했다."

"그래도 이 배가 불룩한 것은 밤이 들었고, 또 이 불그스름한 것은 대추가 들었는데 아주 기막히게 맛이 있단다."

"어디 먹어 볼까?"

하고 막동이는 두 개를 한입에 넣었다.

"아이고, 단번에 두 개씩!"

"아야!"

하고 막동이는 입을 딱 벌렸다.

"왜?"

"대추씨를 막 깨물었더니 이가 아파서."

"거봐! 한 개씩 천천히 먹지."

하고 옥순이는 웃어 붙었다.

"남은 아픈데 그 애는 웃기만 해."

옥순이는 더 자지러지게 웃었다.

"참 우리 집 송편보다 맛있구나. 내일 좀 더 가져오렴."

"그래, 맛있어? 그럼 또 얼마든지 가져올게. 커다란 시루에다가 두 시루나 했는데 나도 송편을 빚었단다."

"네가 다?"

"그럼, 어머니도 날더러 여간 잘 빚는 게 아니라고 하시던데, 뭐. 송편 빚기가 퍽 재미있어."

그들은 침묵 속에서 말 없는 달을 쳐다보았다. 수풀에서 벌레들이 울었다. 그 벌레들도 제각기 잘하는 악기를 가지고 나와서 달구경을 하며 합창을 하는 모양이었다. 아니, 막동이와 옥순이 들으라고 음악회를 하는 것이었다. 막동이와 옥순이는 고요히 그 노래를 들었다.

"난 이담에 노래를 잘해 볼 테야."

"참, 옥순아. 너 창가는 늘 갑이지?"

"그럼."

"나는 병이란다."

"사내가 뭐 창가 잘하면 뭣해?"

"그 대신 체조는 넘버원이지."

"호호호. 참, 요 담담 토요일 날이 운동회지? 그날 일등 해야 한다."

"그럼, 일등 하고말고. 나 이겨 낼 놈이 세상 천하에 있던가?"

"난 네가 달음박질해서 일등상을 타는 걸 보면 눈물이 나더라."

"왜?"

"좋아서!"

막동이는 느긋해지고 옥순이가 한없이 고마우며 기운이 났다.

"그런데 말야. 공부도 잘해야지?"

"응, 인제 공부도 썩 잘해 볼 테야. 그까짓 것 파고들면 되겠지. 공부란 놈이 별 수 있는 겐가."

"그럼, 지독하게 열심으로 하면 안 되는 법이 있나? 너 여기 졸업하면 어디 가련?"

"글쎄."

"저, 나는 아버지가 여기 졸업하면 서울 보내 준대."

"나도 서울 갔으면."

"뭘, 그럼 가지."

"돈이 있나 뭐? 할머니가 생전 보내 줄라고?"

"그럼 어떡하나?"

"그까짓 것 뭐 안 보내 주면 도망질치지."

"아이고머니!"

하고 입을 딱 벌리는 옥순이의 입속으로 고운 달빛이 냉큼 들어가는 것을 막동이는 볼 수 있었다.

11

동산에는 울긋불긋한 과일이 매달리고 들판에는 누런 곡식
이 널브러져 마치 가을은 과일로 붉은 저고리를 해 입고 곡
식으로 노랑 치마를 해 입고 온 것같이 보였다.

　유돌이와 막동이는 꼭두새벽에 깨어 안개가 자욱한 뒷동
산에 올라갔다. 어젯밤 살랑바람에 떨어진 감을 주우려고
간 것이다. 푸른 풀밭에 농익은 붉은 감이 떨어져 고스란히
놓인 것을 볼 때 그들은 기뻐 뛰며 달음질쳐서 주웠다. 가끔
설익은 땡감도 떨어졌지마는 그것도 주워다가 뜨물이나 소
금물에 울켜서● 먹으면 맛이 좋았다. 둥그런 월아, 납작한
반시, 말큰말큰한 연시 등 가지각색 감이 다 떨어진 것을 유
돌이와 막동이는 신바람이 나서 주웠다. 그리고 아주 익은
것은 한옆으로 서서 먹으면서

　"애, 요거 아주 맛이 기가 막히게 좋다."

　하고 유돌이가 말하니

　"애, 난 땡감을 먹었더니 어찌나 떫은지 입안이 뿌듯하다,
영."

　하고 막동이는 입을 딱딱 벌리며 혓바닥을 훑었다.

　"우리 이따 점심 먹고 뒷동산에 밤 따러 갈까?"

　하고 유돌이가 저편 밤나무 숲을 바라보며 말하였다.

● '우려서'의 방언

"그래그래, 요새는 그 영감쟁이가 나오지 않나?"

"나오면 도망질치지. 나막신 신고 관 쓴 양반이 우리를 잡을 수 있나?"

그들은 감을 한 아름 안고 아침 해가 곱게 드리워진 언덕에 올라섰다. 풀잎에 맺힌 이슬은 구슬처럼 반짝였고 숲속 너머 지붕이 희끗희끗 보이는 동네에서는 아침밥 하는 연기가 올라왔다. 서리 맞은 지붕에서도 김이 무럭무럭 나고 안개는 걷어 올라갔다. 밝은 햇빛은 연기, 김, 안개를 동네와 들과 산에서 몰아 내쫓고 정신기 있고 선명하고 아름다운 아침으로 만들어 주었다. 지붕에 널린 빨간 고추는 유난히도 더 빨갛게 보였고 그 옆으로 엉금엉금 기어 올라가는 둥그런 박은 유난히 희게 보였다.

멀리 농부들이 벌써 아침을 먹고 지게를 지고 소를 몰고 들로 나가는 것이 보였다. 막동이와 유돌이의 얼굴도 환하고 씩씩하였다. 그들은 총총걸음으로 산에서 내려와 각각 자기 집으로 갔다. 아침 운동을 해서 밥맛이 꿀맛 같고 배 속에 들어가자마자 봄눈처럼 턱턱 꺼지는 것 같았다.

그날은 가을날치고도 몹시 청명한 날이었다. 막동이는 학교에서 이번 토요일에 열리는 대운동회 연습을 하고 오후에는 유돌이와 같이 밤을 따러 동산으로 갔다. 이 촌에서는 아이들이 밤을 따 먹어도 주인이 한참을 따게 두고는 너무 많이 딴다 싶을 때 호령해서 쫓아 보냈다. 그처럼 밤 따 먹는 것을 도둑질이나 나쁜 것으로 알지 않는 풍속이 있었다.

유돌이와 막동이가 목적하고 간 밤나무는 뒷동산 으슥한 곳 넓은 밭 가운데에 있는 큼직한 밤나무였다. 거기에는 밤송이가 탐스럽게도 많이 달리고 어떤 것은 밤송이가 툭툭 벌어져서 까맣고 윤이 나는 밤알이 번쩍거렸다.

　"애, 굉장히도 많구나!"

　"소리 지르지 마라. 관 쓴 영감쟁이 나올라."

　그들은 콩밭 가운데 키 큰 수수나무 밑에 숨어서 썩썩거리며 기다란 수숫대로 올가미를 만들었다.

　"자, 나는 딸 테니 너는 밤을 받아라."

　하고 막동이가 말하였다. 유돌이는 밤 받을 꼬챙이를 깎아서 쥐고는 대님을 꽁꽁 매었다. 그것은 밤을 바짓가랑이 속에 넣으려고 대님을 꼭 매는 것이었다.

　"너도 대님 꼭 매어라, 응?"

　하고 유돌이는 막동이에게 말하였다.

　"응, 걱정 마라."

　하고 막동이는 올가미를 만든 기다란 수숫대를 들고 밤나무를 쳐다보며 밤송이에 올가미를 씌우고는 툭 잡아채었다. 커다란 밤송이가 뚝 떨어졌다.

　"떨어졌지? 어서 주워라."

　유돌이는 껑충 뛰어가서 수숫대로 젓가락처럼 만든 밤 집게로 밤송이를 집어다가 한 발로 꾹 누르고 꼬챙이로 까기 시작하였다. 커다란 밤알 세 톨이 쑥 나왔다.

　"애, 세 알배기다."

하고 유돌이가 좋아서 소리쳤다.

"가만있어, 떠들지 말고. 그 애는 참!"

막동이는 고개를 뒤로 발딱 젖히고 밤 따기에 열이 났다. 그 밤나무 위로 푸른 하늘에 흰 구름이 둥둥 떠가는 것도 막동이는 보이지 아니하였다. 오직 가시가 숭굴숭굴 돋친 중대가리 같은 밤송이만이 귀여웠다. 그 밤송이가 한 번은 막동이 머리에 떨어지고 한 번은 유돌이 엉덩이에 떨어져서 그들은 몹시 아프고 얼얼하지마는 참았다. 인제는 유돌이 바짓가랑이 양쪽에 밤이 가득하여 막동이 바짓가랑이에 넣기 시작하였다.

"아이, 고개가 아프니 인젠 네가 좀 따 봐라."

하고 막동이는 유돌이에게 올가미를 주었다. 유돌이는 한참 따다가 갑갑해서 큰 몽둥이를 던져서 밤을 따기 시작하였다. 한 번 던지면 네다섯 송이도 떨어지고 알밤까지 떨어졌다. 그 소리를 주인이 들었는지, 기침 소리가 나며

"이놈들, 밤 따지 마라!"

하고 소리쳤다. 막동이와 유돌이는 콩밭에 납작 엎드려 숨어서 숨을 죽였다. 흙냄새와 풀 냄새가 코를 찔렀다. 한참 아무 소리가 없어 고개를 쑥 내밀고 보니 아, 놀랍게도 관 쓰고 높다란 나막신 신은 영감이 기다란 지팡이를 휘두르며 오는 것이 보였다.

"도망가자!"

하고 막동이와 유돌이는 토끼처럼 쫑긋거리며 달음질쳤

다. 그러나 양쪽 바짓가랑이에 밤이 있어 도무지 걸을 수가 없는데 뒤에서는

"이놈들! 이놈들!"

하고 쫓아온다. 그러다가 영감도 아이들이 밤이 든 바짓가랑이를 철드럭거리고 절룩절룩 애쓰며 가는 꼴이 하도 우스웠는지 재미가 나서 구경할 겸 웃으며 쫓아갔다. 막동이와 유돌이가 이 주인 영감의 웃는 얼굴을 보았다면 그다지 죽자 하고 도망하지 아니하였겠지마는 영감이 꼭 붙잡아 혼내려고 씩씩거리며 쫓아오는 것만 같아서 그들은 땀을 뻘뻘 흘리며 감히 뒤도 돌아보지 못하고 달아난 것이었다. 대님을 풀어 밤을 쏟아 놓고 가면 날쌔게 도망할 것을 번연히 알았지마는 그럴 새도 없었거니와 밤도 아까워서 그대로 갔다. 그러나 밤알이 종아리에 닿아서 아프기도 하거니와 아래가 무거워 그 통에 허리띠가 풀어지려고 하고 바지춤이 내려오려고 하여 그것을 두 손으로 잡고 가려니 더구나 힘이 들었다. 뒤쫓아 오는 영감은 굽 높은 나막신이 밭두둑에 걸리고 돌에 부딪혀 폭 거꾸러지는 바람에 관이 벗어져 떼굴떼굴 구르고 조그만 상투가 바르르 떨렸다. 그러나 막동이와 유돌이는 그것도 모르고 그저 영감이 쫓아오는 줄만 알고 줄달음질을 하였다. 그들은 한참을 가다가 뒤돌아보니 아무도 없어 기가 막혔다.

"공연히 똥줄이 빠지게 예까지 도망해 왔지?"

"글쎄 말야. 노루가 제 방귀에 놀란다고."

그들은 펄썩 앉아서 허허하고 웃었다. 그리고 소나무 아래 그늘로 가서 우선 밤을 꺼내어 꼭 같이 세어서 나누어 가지고 앉아서 까먹느라고 한참은 쥐죽은 듯 고요하였다. 풀에서 날아다니는 땅개비♦ 소리만 가끔 들렸다.

그들이 뒷동산에서 내려오니 대추나무골에서 계집애들이 대추를 따고 줍고 있었다. 막동이는 얼른 옥순이를 보았다. 옥순이도 막동이를 보고 웃었다. 그러나 막동이는 성난 것처럼 얼굴을 움직이지 않고 딱딱하니 있었는데 유돌이도 옆에 있고 다른 계집애도 있어서 그리하였던 것이다. 그래도 옥순이의 그 얼굴을 볼 때 몹시 반갑고 기뻤다. 옥순이는 다른 아이 몰래 빨간 대추를 한 움큼이나 막동이에게 주었다. 막동이도 옥순이에게 밤을 많이 주었다. 막동이는 그 대추를, 그 새빨간 대추를 입에 넣으니 너무 달아서 짠맛이 나는 것 같았다. 대추는 입안에서 슬슬 녹았다.

들판에 내려오니 밭에서는 농부들이 콩, 수수, 깨를 걷고 논에서는 벼를 베느라고 야단이었다. 논두둑에 오니 메뚜기들이 톡톡 튀어 유돌이와 막동이는 그걸 잡아 가지고 꿰미♦♦에 꿰었다. 동네에 들어오니 이 집, 저 집 마당에서는 곡식을 털고 마당질이 한창이었다. 그들은 평화한 동네에 천진한 소년이었다. 돌담 옆에서 막동이는 유돌이와 작별하고 혼자서 휘적휘적 집으로 왔다.

♦ '방아깨비'의 방언
♦♦ 물건을 꿰는 데 쓰는 끈이나 꼬챙이 따위. 또는 거기에 무엇을 꿴 것

"오빠, 나 좀."

하고 이쁜이가 쏙 내달으며 소리쳤다. 막동이는 들어가서 밤을 마루에 우르르 쏟아 놓았다. 막동이 할머니는 밤을 까서 이가 없는 고로 겨우 오물오물 씹는 것이 우습게 보였다.

"할머니는 밤을 삶아서 잡수시우."

하고 막동이는 메뚜기를 화로에 구워서 이쁜이와 나누어 먹었다. 그날 밤은 밤을 삶아서 잘 먹고 마루에 앉아서 달을 쳐다보며 콩을 깠다. 멀리서 개 짖는 소리만 이따금씩 들리는 조용한 달밤이었다. 이쁜이는 콩을 까다가 할머니 무릎을 베고 잠을 콜콜 자고 마당 귀퉁이에서는 벌레 소리가 처량하게 들렸다. 낮에 그렇게 유쾌하던 것과는 딴판으로 막동이는 어쩐지 쓸쓸하고 슬픈 듯하였고 장래 앞일이 생각되었다. 할머니를 두고 내년에는 서울로 공부하러 갈 것을 생각하니 가슴이 꽉 막혔다. 어머니와 아버지가 없는 그는 너무도 외로웠다. 그리고 집이 너무도 가난한 것도 걱정되었다.

"막동아, 인제 상일◆ 좀 배워라. 그까짓 공부는 해서 뭘 하니?"

하고 할머니는 한숨을 쉬면서 말하였다.

"글쎄, 어린 너도 생각해 봐라. 나무도 네가 해야 하고 밭일, 논일도 네가 하여야 이 집이 지탱해 나가지 않겠니?"

할머니의 말씀이 당연하고 또 당연하다는 생각이 들자 막동이의 어린 가슴은 꽉 막혔다.

◆ 기술이 별로 필요하지 않은 막일

"그 학교 공부하면 중도 아니고 속환이•도 아니더라. 서울까지 가서 공부나 더 한다면 모르지만 소학교 졸업한대야 그리 아무짝에도 소용없더라."

막동이는 방으로 들어가서 벌떡 누우니 자기도 모를 사이에 눈물이 흘러 베개를 적셨다.

"아니다! 울기는 왜 울고 슬퍼하기는 왜 슬퍼해! 나는 용기 있게 나아가리라!"

하고 그는 눈물을 씻고 주먹을 쥐며 입을 꼭 다물었다.

손을 꼽아 기다리는 학교 대운동회 날이 돌아왔다. 운동장에는 만국기가 펄럭거리고 동네는 발끈 뒤집혔다. 운동장 가운데에는 조그만 풍금이 놓였는데 그 풍금 소리에 맞추어 수백 명 남녀 학생이 일제히 서서 운동가를 불렀다. 그 소리는 푸르고 맑은 하늘로 바람을 타고 올라갔다. 삑 돌라서고 앉은 학부형과 동네 사람들은 귀여운 아이들이 운동하는 것을 재미있게 구경하였다. 선생님들은 왔다 갔다 하고 출발 신호를 알리는 총소리는 요란하게 났다. 남녀 학생들은 복작복작 끓으며 기뻐하였다.

공굴리기, 장애물 경주, 제등 경주, 모자 뺏기, 계산 경주, 기치 경주 등 가지각색 재미있는 운동이 벌어졌다. 막동이는 경주할 때마다 거의 일등상을 탔다. 그때마다 옥순이의 웃는 얼굴을 보았다. 옥순이도 한 번은 이등상을 타서 막동이가 웃어 주었더니 얼굴이 빨개 가지고 도망해서 숨었다.

• 승려가 되었다가 다시 속인으로 돌아온 사람

• 일제강점기의 운동회 풍경

그러나 경주에서 복례가 늘 일등을 하여 옥순이는 분하였다. 수철이는 언제나 꼴찌라 상 한 번 타지 못해서 얼굴이 부어 가지고 막동이만 흘겨보았다.

막동이가 경주할 때면 소리를 지르고 응원하는 소년이 하나 있었다. 그것은 학교는 다니지 않지만 구경 온 유돌이었다. 막동이는 점심시간에 유돌이를 불러서 함께 먹었다. 유돌이는 돈이 어디서 생겼는지 감과 엿을 사다가 막동이에게 주었다. 막동이는 그것이 눈물 날 만치 고마웠다. 운동회 중간에 전 학교에서 제일 경주 잘하는 아이 열 명을 뽑아서 운동장을 열 바퀴 도는 경주를 하게 되었다. 이것이 오늘 이 운동회에서는 가장 굉장한 경주였다. 거기에 막동이도 끼었다. 그보다 훨씬 키가 큰 아이도 많았다. 막동이는 기운을 내고 정신을 바짝 차렸다. 다른 아이들도 모두 제일 영광스러운 이 경주에서 일등을 하려고 도사리고 섰다. 막동이는 옥순이가 걱정스럽게 쳐다보는 것을 보았다. 교장과 선생님 옆에는 옥순이 아버지인 군수가 예복을 입고 떡 앉아 있는 것도 마음에 걸렸다. 막동이는 할머니가 이쁜이를 안고 손자가 일등 하기를 빌면서 앉아 있는 것을 보았다.

출발하는 총소리가 땅 하고 났다. 씩씩한 선수들은 힘찬 다리를 놀리며 질풍같이 내달았다.

두 바퀴! 하고 선생님이 소리쳤다. 막동이가 중간쯤에서 따라갔다.

네 바퀴! 막동이는 거의 맨 뒤에서 따라갔다. 옥순이의 가슴은 몹시 울렁거렸다.

여섯 바퀴! 막동이는 다시 중간으로 들어섰다. 맨 앞에는 키가 크고 기운 센 수복이라는 학생이 기세등등하게 달아났다. 그는 장가까지 간 학생이었다.

여덟 바퀴! 소리치는 선생님의 목소리도 커졌다. 막동이는 인제 셋째로 서서 따라갔다. 그 셋이 앞서거니 뒤서거니 하여 보는 사람을 아기자기하게 하였다. 그러나 누구나 수복이라는 큰 학생이 일등 할 것이라고 정해 놓고 보았다.

…… 아홉 바퀴!

막동이는 이를 악물고 눈을 홉뜨고 달음질하였다. 드디어 둘째로 섰다. 옥순이의 손에는 땀이 흘렀다.

…… 열 바퀴! 마지막!

구경꾼은 모두 일어나며 웅성웅성하였다. 막동이는 둘째로 서서 수복이를 따라갔다.

"막동아! 앞서라! 이겨라!"

하는 소리가 날카롭게 났다. 막동이는 그것이 유돌이의 목소린 줄 알았다. 그리고 막동이는 옥순이의 얼굴은 보이지 않지마는 얼마나 애쓸까 하는 생각이 번개처럼 머리를 스쳐 지나갔다. 막동이는 최후의 용기와 기운을 다 내었다.

'응! 지면 되느냐, 이겨야 한다!'

하고 막동이는 이를 악물고 온몸의 힘을 다 모아 앞에 선 수복이를 바라보고 살같이 내달렸다. 둘은 거의 나란히 달음질하게 되었다. 수복이는 깜짝 놀라면서도 코웃음을 치며 한층 더 기운을 내어 말처럼 뛰었다.

'응! 숨이 막혀 죽어도 좋다!'

하고 막동이는 독하게 마음을 먹고 호랑이처럼 뛰어 수복이를 떨어뜨리고 말았다. 군중은 와하고 소리쳤다. 결승점에 막동이가 앞서서 일등기를 잡자 탕! 하는 총소리가 났다. 막동이가 쓰러질 듯하자 선생님이 부축하여 상 타는 데로 데려왔다. 군중의 시선은 모두 막동이에게 몰켰다. 이 상품은 특히 군수가 기부한 것을 주는 것이었다. 막동이가 상을 타 가지고 나올 때 군중은 빽 둘러섰다. 막동이의 머리를 쓰다듬는 사람, 등을 두드리는 사람, 이 소영웅의 얼굴이라도 보려고 하는 사람……. 그중에서도 한 소녀가 군중 틈에 겨우 끼어서 눈물 어린 눈으로, 그러나 막동이를 웃으며 바라보았다. 그 아름다운 얼굴과 막동이는 마주쳤다.

12

학교 운동회가 끝난 바로 그 이튿날이었다. 그날은 일요일
이요, 또 가을날치고도 꽤 따뜻한 날이었다. 동네에서는 마
당질이 한창이어서 여기서는 벼 마당질, 저기서는 콩 마당
질이 벌어졌다. 막동이 할머니는 집 안방 귀퉁이에 멍석을
둘러치고 깨를 털고 있었다. 하루 종일 앉아서 깻단을 놓고
나무때기로 두들겨 털고 나니 허리가 뚝 끊어지는 것 같고
팔이 떨어지는 것 같았다.

"이쁜아, 그런데 네 오빠는 어디 갔다니? 고놈 점심 먹고
잠깐 어디 갔다 와서 깨를 턴다고 하더니 저녁때가 다 되어
도 안 오는구나. 발칙한 놈 같으니. 글쎄, 할미가 이렇게 뼈
가 휘도록 일을 하니, 적으나 철 있는 놈 같으면 곧 와서 할
테지, 에익! 이쁜아, 어서 빗자루 갖다가 살살 쓸어 모아라."

하고 막동이 할머니는 투덜대었다. 그리고 일어나서 옷을
툭툭 털더니 비틀비틀 쓰러지려고 하면서

"아이고 죽겠다, 아이고 눈이 캄캄하다."

하고 한 손으로는 기둥을 붙잡고 한 손으로는 눈을 문질
렀다. 현기증이 몹시 난 모양이었다. 할머니는 더듬더듬 마
루로 가서 쓰러져 누웠다.

"할머니, 왜 그러슈?"

하고 이쁜이가 걱정스러워 가까이 와서 갸웃이 들여다보

며 물었다.

"어떻긴 뭐 어때? 괜찮아. 너 할 거나 해라."

한참 후에 할머니는 일어나 앉아 한숨을 땅이 꺼지게 길게 쉬면서

"아이고, 인젠 죽을 날이 얼마 안 남았나 보다. 저 어미 아비 없는 어린것들을 두고 내가 어떻게 눈을 감는단 말이냐."

하고 눈물을 글썽글썽하였다. 해는 뉘엿뉘엿 넘어가 마당 귀퉁이 국화에 조금 걸쳐 있던 햇빛조차 간 곳이 없었다.

"아이고, 저녁을 해야 할 텐데. 이쁜아, 너 물 좀 길어온."

금년 아홉 살 먹은 이쁜이는 물을 꽤 잘 길었다. 부엌에 가서 거의 저만한 동이를 이고 싸리문 밖으로 해죽해죽 나갔다. 할머니는 그것을 바라보고 또 한숨을 휘 쉬었다. 이쁜이는 상나무배기 우물에 가서 둥둥 떠 있는 낙엽을 헤치고 물을 길었다. 길어 놓기는 하였지만 머리에 혼자 일 수가 없어 누가 물 길러 오기만 기다리는데 아무도 오지를 않고 지나가는 사람도 없었다. 이쁜이가 맥없이 저쪽 산 넘어 하늘을 붉게 물든 놀만 쳐다보고 있는데 뒤에서 휘파람 소리가 났다. 획 돌아보니 유돌이가 벙글벙글 웃으며 오더니

"너 뭣 하고 섰니?"

하고 소리쳤다.

"저, 이 물동이를 일 수가 없어서 섰단다."

"내 이어 주래?"

"응."

유돌이가 물동이를 번쩍 들어 이쁜이 머리 위에 올려놓으려고 하니, 이쁜이 머리에 얹은 왕골로 틀어 만든 똬리가 탈싹하고 떨어져서 떼굴떼굴 굴렀다. 유돌이는 물동이를 내려놓고 얼른 가서 똬리를 집어 가지고 다시 이쁜이 머리에 얹어 놓고는 물동이를 번쩍 들었다. 이번에는 물동이가 흔들리는 바람에 물이 조금 엎질러져서 이쁜이 머리로 물이 쭈르륵 흘렀다. 이쁜이가 눈을 감고

"아이고, 죽겠다."

하고 야단치는 바람에 유돌이는 황급하게 제 저고리 고름으로 물 묻은 이쁜이의 눈과 코와 입과 목을 씻겨 주었다. 유돌이는 처음으로 이쁜이가, 아니 계집애가 묘하게 예쁘게 생겼다는 것을 느꼈다. 이쁜이는 물동이를 이고 통통거리며 걸어갔다. 한 손으로는 물동이 귀를 쥐고 한 손으로는 물동이에서 흐르는 물을 씻어서 뿌리며 가는 뒷모양을 한참이나 서서 보았다. 이쁜이는 물동이에 덮어 놓은 바가지가 덩둥 덩둥 하고 울리는 소리를 들으며 집으로 갔다. 유돌이는 씨근벌떡거리고 쫓아가며

"참, 이쁜아, 네 오빠 집에 있니?"

하고 물었다.

"아니, 없어."

"어디 갔나?"

하고 유돌이는 또 휭 하니 가 버렸다.

"이쁜아, 할머니는 꼼짝 못 하겠다. 오늘은 네가 밥 좀 지

• 우물가 풍경

어라. 내 쌀 씻어서 안쳐만 줄 테니. 그런데 이놈은 어디 가 구겨 처박혀서 여태껏 안 온담!"

성이 통통 난 할머니의 주름 잡힌 얼굴은 물 축인 북어처럼 부풀어 올라왔다. 이쁜이는 부엌에서 쥐처럼 달그락달그락하며 일을 하고 있었다. 할머니는 컴컴한 방에 등잔을 켜놓았다. 이쁜이가 들고 들어오는 밥상을 받고 앉아서 이쁜이와 저녁을 먹으면서도 할머니는

"얘가 참 이상하다. 웬일인가?"

하고 인제는 욕하기는 그만두고 막동이를 걱정하기 시작하였다. 화로에 막동이 주려고 해 놓은 두부장찌개가 보글보글 끓었다. 이쁜이는 그 소리가 꼭 '아이고, 뜨거워 죽겠네. 보글보글. 막동아, 어서 먹어라, 맛있단다. 보글보글' 하는 것같이 들렸다. 그러나 한참 후에는 그 장찌개도 다 졸아들고 말라붙어서 죽은 듯 아무 소리가 없자 이쁜이는 문득 자기 오빠가 죽은 것같이 생각되어 속으로 떨었다. 이쁜이도 슬그머니 걱정이 되기 시작하였다. 할머니는 더구나 지난여름에 막동이가 며칠을 나가서 안 들어와 한 번 덴 가슴이라 또 무슨 일이 생겼나 하고 걱정이 되었다. 지난여름 그 일이 있은 담부터는 꼭꼭 막동이는 어디 가서 몇 시에 온다고 할머니에게 말해야만 하고 또 그 시간에는 꼭꼭 집에 들어왔는데, 이렇게 종일 아니 오고 밤까지 소식이 없으니 할머니는 애가 쓰여서 안절부절못하였다.

밤이 꽤 깊어서도 막동이는 오지 아니하였다. 이쁜이는

오빠를 기다리다 못해 시진해서♦ 잠이 들었다. 할머니는 옷을 주워 입고 허둥지둥 밖으로 나왔다. 이 집, 저 집으로 다니며 물었다. 그러나 막동이를 보았다는 사람은 없었다. 할머니는 막동이가 늘 놀러 다니는 동무의 집도 다 가 보았으나 모두 모른다고 하였다. 유돌이한테 가서 물으니

"글쎄, 저도 찾는 중인데요. 오늘 나하고 놀자고 했는데 아니 왔어요. 아직도 집에 안 왔어요? 웬일인가!"

하고 유돌이도 걱정스럽게 대답하였다.

"너 앎 직한 데는 없니? 막동이가 놀러 다니는 집이나 어디나!"

하고 막동이 할머니는 인제 울 듯이 목소리가 떨렸다. 유돌이는 고개를 기웃거리고 눈을 깜짝하면서 생각하고 섰다. 막동이 할머니는 유돌이에게서 행여 반가운 말이나 나올까 하고 목이 타는 듯 쳐다보았다.

"글쎄, 옥순네 집이나? 그래도 거기 갈 터는 없는데."

"뭐, 뭐, 옥순네 집이 어디냐?"

하고 막동이 할머니는 허겁지겁하였다. 막동이 할머니의 가슴은 울렁거리고 다리는 부들부들 떨렸다.

"아따, 저 군수 영감 댁 말이에요. 저하고 같이 가세요."

하고 유돌이는 네모진 초롱을 들고 어두운 길을 더듬어 막동이 할머니의 손목을 붙잡고 옥순네 집으로 향하였다. 옥순네 집은 산 밑 향교골인데 여기서 한참이나 가는, 따로

♦ 기운이 빠져 없어져서

떨어져 있는 동네였다. 거기 가는 길에 조그만 도랑이 있는데 돌로 징검다리를 놓아 막동이 할머니는 겨우 엉금엉금 기어서 건너갔다. 옥순네 집에 가까워지자 그 집에서는 울음소리가 들렸다. 그렇게 큰 집이 괴괴하니 죽은 듯 고요하고 부인네의 울음소리만 처량하게 들렸다. 막동이 할머니와 유돌이는 눈이 동그래져서 안마당으로 들어가니 마루에 옥순이 어머니가 두 다리를 쭉 뻗고 앉아서 시름없이 울며

"옥순아! 옥순아! 네가 어디를 갔단 말이냐?"

하고 흑흑 흐느꼈다.

한참 후에야 옥순이 어머니는 마당에 누가 들어선 줄 알고

"누구야, 응?"

하고 소리쳤다.

"저, 저, 저 소인이올시다. 막동이 할미올시다."

"응, 그런데 어떻게 왔어? 아이고, 우리 옥순이 찾아왔어, 응?"

하고 황황하게 물었다.

"아니, 댁의 애기씨도 어디 갔습니까?"

"아이고, 어디 간 게 뭐야? 점심때 나가서 이 밤중까지 안 들어오니 그게 죽었지 살았을라고."

"네?"

하는 막동이 할머니의 목에 숨은 바싹 말라붙는 것 같았다.

그러나 놀라우면서도 반가웠다. 막동이 말고도 없어진 동무가 하나 더 생겼다는 것이 적이 낫게 생각이 들었다.

"소인네 손주도 나가서 안 들어와 혹 댁에 있나 하고 온 길입니다."

"어! 뭐? 막동이도 없어졌어?"

하는 옥순이 어머니도 놀라면서 또 한편 반가웠다.

군수의 딸인 이 집 옥순이도 밤중까지 안 들어와서 난리가 난 듯 온 집안이 뒤끓어 옥순이를 찾으러 나갔고, 동네도 발끈 뒤집혀 동네 사람들도 뒤끓어 나가 옥순이를 찾는 중이었다. 동네 집집으로, 깊은 산으로, 강변으로, 들로 횃불을 켜 가지고 다니며 찾는 것이었다. 막동이 할머니는 거기 있어야 소용없는 고로 유돌이와 지향 없이 다니며 찾아보았으나 알 길이 없었다. 막동이 할머니는 집에서 혼자 자는 이쁜이도 걱정이 되고 혹 그동안이라도 막동이가 와 있을까 하는 실 같은 희망을 품고 집으로 돌아가는데 벌써 싸리문 밖까지 이쁜이의 우는 소리가 들렸다.

"아가, 왜 우니 응?"

하고 할머니는 소리를 지르고 황황하게 뛰어 들어가며 방문을 번쩍 열었다. 이쁜이는 일어나 앉아 벌벌 떨며 통곡을 하는 것이었다. 이쁜이는 자다가 깨어 오빠도 없고 할머니조차 어디로 가고 빈집에 혼자 있다는 것이 몹시 무서워 벌써 두 시간이나 울기를 계속하였던 것이다.

"이쁜아, 할미 여기 있다. 울지 마라, 응?"

할머니도 손녀가 가여워 울면서 등을 두드리며 달랬다.

그 이튿날 아침이었다. 학교에서는 막동이와 옥순이가 없어졌다는 소식에 선생, 학생이 모두 들끓었다. 막동이도 막동이지만 군수의 딸이 사라지자 동네가 발끈 뒤집어질 정도로 야단이었다. 밤새도록 거의 수백 명이 찾아다녔으나 없는 것을 보면 필경 무슨 일이 난 것 같았다. 근래 산속에서 도둑놈이 사람을 찔러 죽인 일도 있고, 배 타고 온 청국 놈이 계집애를 훔쳐다가 팔아먹는다는 소문이 들려 더구나 염려스러웠다. 또 어떤 사람이 어제 웬 아이와 계집애가 해변에서 노는 것을 보았다고 하니 혹은 물에 빠져 죽었는지도 모른다며 배를 타고 바닷가를 뒤져 시체라도 건지려고 하였다. 그럴 리는 만무하지마는 혹은 막동이와 옥순이가 어디로 멀리 도망갔다고 의심하여 자동차, 기차, 배편에 다 물어보았는데 그런 아이들을 못 보았다고 하고, 사방으로 가는 신작로 주막마다 물어보아도 못 보았다고 하니 그들이 깊은 산속이나 바다에서 죽은 것이 틀림없다고도 하였다. 그이튿날 저녁때까지도 아무 소식이 없었다. 막동이와 옥순이집에서는 초상이 난 듯 미친 듯한 울음소리가 났고 수심이 가득하였다. 인제는 찾을 길조차 없고 다만 천지가 캄캄한듯하였다. 그래도 행여 어찌어찌해서 무사히 돌아올까 하는 요행을 바랄 뿐이었다. 그러나 거의 이틀이 되어도 아니 올때 십중팔구는 죽은 것이라고 생각할 수밖에 없었다.

해가 넘어가는 저녁때 들에 있는 새들도 다 어딘가로 기어들기 시작하였다. 집집에 있는 암탉과 수탉도 홰에 오르려고 목을 길게 빼고 흔들흔들 노리고 섰다가 푸르륵! 하고 날아 올라간다. 이 집, 저 집에서는 밖에 나간 닭을 부르느라고 구구, 구구 하는 소리와 아이들 밥 먹으라는 소리도 요란히 들렸다. 그러나 막동이와 옥순이는 보이지 않고 돌아오지 아니하였다. 저녁때가 되니 막동이 할머니와 옥순이 아버지, 어머니는 더욱 슬프고 한심해서 넋 잃은 사람들처럼 밥 먹을 생각도 아니 하고 먼 산만 멍하니 바라보고 있었다. 부모가 되어 보지 못하면 모를 그 지극한 사랑은 그들의 가슴을 바짝바짝 태우고 미치게 하는 것이었다.

13

그렇게 동네를 들끓게 하고 부모의 간장을 녹인 막동이와 옥순이는 어떻게 된 것인가? 죽었는가, 살았는가?

막동이와 옥순이는 그날 오후에 단둘이서 강변으로 놀러 갔었다. 막동이는 유돌이와 또 다른 동무들과 함께 가려고 했는데 어찌어찌 옥순이와 이야기하며 오는 바람에 강변에 이르게 되었다. 실상 말하면 막동이는 오늘 유돌이와 몇몇 동무와 함께 여름에 비 왔을 때 들어갔던 굴속을 한 번 더 구경하려고 한 것이었다. 그러나 뜻밖에 옥순이를 만나서 여기까지 오게 되었다.

"너 굴 구경 할 테냐?"

하고 막동이가 물었다.

"무슨 굴?"

하고 옥순이가 힐끗 돌아보았다.

"저 강변에 높다란 절벽이 있지 않으냐? 거기 굴이 있는데 내 생각에는 그 속에 깊이 들어가면 이상한 것이 많을 것 같다."

"무섭지 않으냐?"

"무섭긴 뭬 무서워."

"그럼 어디 가 볼까?"

그들은 강변을 끼고 돌아 나갔다. 이 강은 조금만 더 내려가면 동해 바다와 합쳐지는 것이었다. 그 푸르고 깊은 강 언덕에 험상스러운 바위가 울퉁불퉁하기도 하고 또 깎은 듯하기도 하여 해금강(海金剛)의 경치 못지않은 훌륭한 곳이었다. 그러나 이 동네 사람들은 여기를 가끔 가 보지마는 그다지 좋게 생각지도 않고 또한 높은 데나 깊은 골짜기를 들어가 본 사람이 없었다. 간혹 천렵하고● 술 먹으며 노는 패들이 여기서 흥타령을 하는 것이 끽해야 1년에 한두 번에 지나지 않았고 이 아름다운 경치를 가진 절벽은 언제나 적막하게 푸른 강을 굽어보고 있을 뿐이었다. 그러나 막동이는 늘 이 절벽을 사랑하였고 거기를 모조리 다녀보고 싶은 생각이 한두 번이 아니었다. 더구나 그 절벽에 커다란 굴이 있는데 그 속에 들어가면 이상한 것이 많을 것 같았다.

막동이는 옥순이가 애를 쓰며 따라오는 것을 돌아보며 바위를 기어 올라갔다. 옥순이는 빨갛게 된 얼굴로 헐떡거렸다. 막동이는 가끔 옥순이의 손을 잡아 주었다. 옥순이는 용기를 내어서 험한 절벽을 올라갔다.

청명한 가을 하늘은 물빛처럼 하얗다. 여기저기 바위에는 붉디붉은 단풍이 푸른 소나무 사이에서 갸웃이 내다보고 있는 것도 퍽 아름다운 경치였다.

그들은 바위에 앉아서 구불구불 흐르는 강과 질펀한 벌판과 또 저편으로 까마득히 보이는 망망한 바다를 바라보면서 있었다. 이렇게 앉아서 놀다가 왔으면 그만일 텐데, 그들

● 냇물에서 고기잡이하고

은 굴속을 구경하러 들어가서 뜻하지 아니한 일을 당하게 된 것이다. 막동이는 초에 불을 켜 가지고 굴속으로 들어가기 시작하였다.

"아이, 어쩐지 무섭다."

하고 옥순이가 막동이를 뒤따르며 말하였다.

"무섭긴 뭬 무서워. 조금만 더 들어가 보자."

그들이 한참이나 들어가서 좁은 데를 겨우 빠져나가니 넓은 데가 있었다. 거기에는 이상하고 묘한 바위도 많고 물도 있고 몹시 경치가 아름다웠다.

"얘, 이 속에 이런 것이 있을 줄이야 몰랐지? 참말 신기하다."

하고 막동이는 소리쳤다. 그 소리가 이상하게 울려 옥순이는 무서웠다. 찬바람이 휘돌며 촛불이 꺼지려고 하여 막동이는 얼른 두 손으로 가렸다.

"아이, 인제 나가자. 여기 뱀은 없을까?"

하고 옥순이는 눈을 찡그리며 사방을 휘휘 둘러보았다. 검고 구불구불한 바위가 뱀처럼 보여 몸서리가 났다.

"이런 데 뱀이 다 뭐야. 아이, 저것 봐라."

하고 막동이가 소리치며 가리키는 데를 바라보니 과연 하얀 돌이 수정처럼 번쩍이고 또 굴속 천장에는 돌이 젖처럼 주르르 매달린 것도 보기 아름다웠다. 막동이와 옥순이는 그 아름다운 경치에 취하여 점점 속으로 들어갔다. 그 굴속은 참말 기기묘묘하였다. 점점 들어갈수록 별별 괴상하게 생긴 것이 많았고 또 사방으로 구멍이 뚫리고 길이 있어서 어디가 어디인지 분간할 수 없었다. 갑자기 이상한 것이 획 지나가더니 촛불이 꺼져 버렸다. 막동이와 옥순이는 금방 누가 눈을 빼어 간 것처럼 오직 캄캄하였다. 그리고 죽은 듯 고요해서 무슨 귀신이 앞에 닥쳐온 것같이 무서웠다. 옥순이는 막동이를 꽉 붙잡고

"어머니! 아이고, 무서워! 어서 불 좀 켜."

하고 떨리는 목소리로 겨우 말하였다. 막동이는 얼른 주머니에서 성냥을 꺼내어 드윽 그어서 촛불을 켰다. 그러나 또 무엇이 획 하더니 불을 탁 끈다. 그리고 무슨 찌찌 하는 소리가 났다. 그것은 꼭 귀신이 웃는 소리처럼 들렸다. 옥순이는 막동이를 더 꽉 붙잡고 부들부들 떨었다. 막동이도 기가 막혀서 어쩔 줄 몰랐다. 그러나 이런 때는 정신을 바짝 차려야 한다고

"하! 걱정 말아라. 불을 또 켤 테니."

하고 말하는 그 소리도 웅웅 울려 옥순이는 무서웠다. 막동이는 다시 불을 켜서 사방을 자세히 둘러보니 박쥐 여러 마리가 이리저리 날아다녔다.

"옥순아, 저 박쥐 봐라. 박쥐가 불을 껐구나. 하하하."

하고 막둥이는 웃었다. 그것은 옥순이를 안심시키려고 웃는 웃음이었다.

"인제 그만 나가자, 무섭다."

하고 옥순이가 말하니까 막동이도

"그래, 나가자."

하고 돌아섰다. 그러나 사방에 길이요, 구멍이 뚫려 어디가 나가는 길인지 도무지 알 수가 없었다.

"너 나가는 일을 아니?"

하고 옥순이도 걱정이 되어서 물었다. 막동이는 정신이 아득하지마는 천연하게

"뭐 자꾸 나가면 되겠지."

하고 걸음을 옮기었지마는 암만해도 처음 보는 길이었다. 그들은 굴속으로 더 깊이 들어가는 딴 길로 들어선 것이었다. 그러나 그들은 이 굴속이 얼마나 복잡하여 사람이 한번 들어오기만 하면 나가지 못하고 죽고 마는 곳인지를 몰랐다. 또 얼마나 깊이 굴속에 들어왔는지도 짐작할 수 없었다. 막동이는 비로소 불안하기 시작하였다. 옥순이는 눈물이 나오는 것을 참으려고 입술을 깨물었지마는

'인제는 죽었구나! 큰일 났다!'

하는 생각에 눈물이 저절로 줄줄 흐르고 가슴은 몹시 울렁거렸다. 사방은 어둠과 적막이 둘러싸고 그들의 숨소리만 크게 들렸다.

그들은 조급하고 황겁해서 이리저리 빨리 길을 찾으려고 애썼다. 그럴수록 더 알 수 없고 복잡해져서 인제는 절망만 남아 한갓 눈이 캄캄할 뿐이었다. 이 무서운 굴속, 땅속으로 뚫린 넓고 깊은 바윗덩이 속에서 속절없이 죽을 것을 생각하니 기가 막혔다. 대담한 막동이도 정신이 아득하였다. 더구나 죽을상이 된 옥순이의 얼굴이 흔들거리는 희미한 촛불

에 창백하게 보일 때 가엾은 생각이 가슴을 뭉클하게 하였다. 그다음 순간 그의 영웅적 기개가 솟아났다.

'응! 어떻게든지 살길을 찾아 나가야 한다. 저 옥순이를 살려야 한다!'

하고 속으로 부르짖고 입술을 꼭 깨물며 주먹을 불끈 쥐었다. 그리고 눈에 힘을 주어 정신을 똑똑히 차려 사방을 보았다.

"막동아, 들어올 때 길에 표시를 하지 않았니?"

"응, 옥순아. 나는 참말 바보다. 이런 멍텅구리가 어디 있어. 들어오는 것만 생각하고 나가는 것은 생각지 못했구나. 큰일 났다."

"우리는 영영 못 나가고 여기서 죽겠다. 아이, 무서워!"

하고 옥순이는 덜컥 주저앉아 이번에는 소리를 내어 울었다. 막동이는 옥순이가 그대로 기절해서 죽거나 미치지나 아니할지 가슴이 뜨끔해졌다. 막동이도 옥순이 옆에 주저앉았다. 옥순이는 막동이 가슴에 얼굴을 대고 매달렸다. 그들은 슬프면서도 이상한 사랑과 정다움을 느꼈다. 밝은 세상의 모든 사람들과는 관계가 끊어졌으니 이 캄캄한 굴속에서 오직 둘만이 서로 죽어도 같이 죽고 살아도 같이 살며 도와주어야 한다는 것이 그들을 한없이 감격하게 하였다.

"옥순아, 걱정 말아라. 설마 하나님이 우리를 살려 주시겠지."

그들은 비로소 문득 하나님을 생각하였다.

하나님이 이런 때는 제일이다 하는 생각이 나고 그 하나님이 과연 어두운 데서 환히 나타나 위로하는 것 같았다. 그들은 엎드려 기도하였다. 과연 마음이 조금 진정되는 것 같았다.

"옥순아, 글쎄 들어오면서 백묵 같은 것으로 바위에 표시를 해 두었다면 이렇게 안 될걸. 그런 생각은 깜빡 못했구나."

"그러게 말야, 분해."

"그리고 말야. 지금 가만히 생각하니 백붓◆으로 표시를 해도 찾기가 어려우니 기다란 노끈 같은 것을 가지고 와서 들어올 때 한끝을 굴 밖에 매 놓고 그 끈을 쥐고 차차 풀면서 들어와서는 나갈 때는 다시 끈을 붙잡고 나가면 아주 제일 좋을 것을 그랬지?"

"글쎄 말야. 아이, 그랬다면 얼마나 좋았을까?"

촛불은 사정없이 닳아 들어갔다. 그들은 인제 양초를 몇 개나 켰는지도 모르고 여기를 오후에 들어왔는데 지금이 저녁때인지 밤인지도 감감하였다. 그들은 다시 마음이 조급해지고 걱정이 되었다. 다시 일어나서 지향 없이 걸음을 걸었다. 그러나 어디가 어디인지 도무지 분간할 수 없었다. 그들은 다시 털퍼덕 앉았다. 인제는 맥이 풀리고 기운이 없어서 더는 걸을 수도 없었다. 막동이는 촛불을 입으로 혹 불어 껐다. 인제 주머니에는 초 두 가락과 토막 초만 몇 개 있을 뿐이니 좀 경제를 하여야겠으므로 끈 것이었다. 옥순이도 그

◆ 폭이 넓은 붓

것을 잘 아는 고로 아무 말도 하지는 아니하였으나 캄캄해
지니 더구나 무섭기도 하고 한심하였다. 그들은 입을 꼭 다
물고 어둠 속에서 생각만 더듬었다.

14

캄캄한 굴속에서 옥순이와 막동이는 무서워 떨면서 고요히
앉아 있었다. 맥이 풀리고 기운이 하나도 없어 온몸이 노그
라지려고 하다가도 곰곰이 생각하면 정신이 펄쩍 나고 가슴
이 울렁울렁하였다. 시간이 살같이 닫는 이 귀하고 아까운
때에 이렇게 앉아서 쉴 수만 없는 것을 그들은 알았다. 어디
라도 가 보고 움직여 보아야 나가게 될는지도 모르지마는
가만히 있으면 죽는 수밖에 없다고 생각하였다. 막동이는
다시 초에 불을 켰다. 그들은 묵묵하고도 힘없이 희망 없는
길을 걷기 시작하였다. 아무리 걸어도 여전히 캄캄하고 깊
은 굴속의 복잡한 길을 헤매는 것뿐임을 그들은 잘 알 수 있
었다. 얼마를 걸어 다녔는지 옥순이는 몹시 피곤하고 다리
가 아파서 더 걸을 수가 없다고 펄썩 주저앉았다. 막동이도
주저앉았다. 그들은 환히 밝은 바깥 세상이 몹시도 그리웠
다. 그 둥그런 해는 그만두고 희미한 햇볕이라도 보았으면
죽어도 원이 없을 것 같았다.

세상의 아름다운 풀과 나무와 꽃과 물이 얼마나 귀한 것
인가를 새삼스럽게 절실히 느꼈다. 이 캄캄한 굴 밖을 나가
면 새들이 노래하고 사람들이 웃으며 왔다 갔다 할 것을 생
각하니 몹시도 그립고 답답하였다. 학교에서 동무들이 공부
하고 노는 것이 눈에 선히 나타날 때 부럽기가 한량없었다.

집에서 부모와 함께 등잔불 앞에 모여 앉아 이야기하고 더운밥을 먹고 이불 속에 편안히 누워 자는 것이 얼마나 좋은지를 그들은 이야기하였다. 세상이 얼마나 아름답고 즐거운 곳인지, 사람들도 모두 얼마나 착하고 친절하고 재미있는지를 이야기하였다. 옥순이는 울었다. 막동이는 위로하려고 하였지마는 위로할 만한 말은 벌써 다 써먹었고 그 말을 다시 한댔자 그것은 거짓말이요, 비웃는 말에 지나지 않을 것임을 잘 알고 있으므로 입을 다물고 있노라니 더욱 가슴이 답답하였다. 옥순이는 울다 울다 마음과 몸이 극도로 피곤해서인지 스르르 잠이 들었다. 막동이는 오히려 다행이라고 생각하였다. 그리고 희미한 촛불 빛 아래 평안히 잠자는 옥순이의 천사같이 아름다운 얼굴을 물끄러미 들여다볼 때 웬일인지 즐거운 꿈을 꾸는 것도 같고 마음이 느긋하게 놓이는 것도 같았다.

"아이고! 내가 잤네! 아아, 깨지 않았더라면 좋을걸."

하고 옥순이가 깜짝 놀라며 깼다.

"응, 잘 잤다. 인제 좀 피곤한 것이 낫겠지? 우리는 또 길을 찾아보자."

"찾아보자. 막동아, 그런데 나는 여간 이상한 꿈을 꾼 것이 아니란다. 저어 천당인가 봐 아마. 우리들이 조금 후에는 거기로 가게 되는가 봐."

막동이는 옥순이의 이 처량한 말을 들을 때 소름이 쪽 끼치고 마음이 슬퍼졌다. 그러나 힘을 내어

"설마! 그런 말은 하지 말고! 옥순아, 기운을 내서 나가 보자."

하고 벌떡 일어났다. 그들은 손을 꼭 붙잡고 더듬더듬 걸어갔다. 그들은 이 굴속에 들어온 후 시간이 얼마나 지났는지 생각해 보았으나 알 길이 없고 다만 여러 날이 된 것 같았다. 그러나 촛불 탄 것을 보면 그렇게 여러 날이 되지 않은 것은 확실하였다. 희망 없는 길을 걷는 다리는 더욱 피곤한 법이다. 그들은 또 펄썩 주저앉았다. 아무 말이 없이 묵묵히 있었다. 한참 있다가 옥순이는 침묵을 깨뜨렸다.

"막동아, 나는 배가 고파 죽겠다."

너무 여러 날이 된 것 같고 먹을 것이 없다는 것이 더욱 안타깝게 하였다. 그동안에 정신이 없어 배고픈 줄도 몰랐으나 생각해 보니 지독하게 배가 고팠다. 막동이는 옥순이가 배고프다고 하자 가슴이 덜컥 내려앉고 자기도 배고프다고 느꼈다. 그러나 배고파 애쓰는 옥순이가 가여운 생각에, 자기 배고픈 것은 넉넉히 참을 수 있을 것 같았다.

"정말 배고파 어떻게 하겠니? 우선 뭘 먹고 기운을 내야지. 제일에 굶어 죽겠다."

하고 옥순이는 고개를 외여 빼고 멀거니 앉아 있었다.

막동이는 생각난 듯이 호주머니를 뒤지기 시작하였다. 과자 조각 한 개가 손에 집힐 때 막동이의 손끝은 기쁨으로 떨렸다.

"자, 이거나 먹어라. 웬 게 한 개 남았구나."

"응?"

하고 옥순이가 받아서 먹으려다가 반을 쪼개서 막동이에게 주었다. 막동이는 쥐처럼 과자 한쪽을 조금 갉죽갉죽 긁어 먹는 척하다가 몰래 주머니에 넣었다.

"자, 여기 물은 많으니 물을 먹어라."

하고 바위틈에 고인 물을 그들은 손으로 떠서 먹었다.

"아이, 그걸 먹으니까 더 배가 고프구나!"

과연 그 조그만 과자 조각으로 입맛을 다시니 배 속에 엎드려 있던 식욕은 입을 딱딱 벌리며 몹시 더 발동하는 것이었다.

"자, 인제 또 걸어 보아야지."

하고 옥순이가 말하였다. 막동이는 한참 생각하고 있다가

"옥순아, 내가 할 말이 있는데 너 울지 말고 듣겠니?"

하고 말하였다. 옥순이는 새파랗게 질려서 겨우 고개만 끄덕끄덕하였다.

"다른 게 아니라 인제 우리는 이 자리에서 꼼짝하지 않고 앉아 있어야 한다. 우선 초가 반 토막밖에 없고 또 그나마 배고플 때 목을 축일 만한 저 물이라도 있는 여기서 떠나면 큰일이다."

"막동아!"

"왜 그러니?"

"저어, 그럼 우리는 여기 앉아서 죽을 수밖에 없구나."

"아니, 설마 죽지는 않겠지."

"어떻게?"

"누가 우리를 찾으러 올는지도 모른다."

"누가 찾으러 와?"

"우리 집과 너희 집에서. 또 동네 사람들이."

"아이고, 우리가 여기 있는 줄을 어떻게 알고?"

"그래도 맘을 단단히 먹고 정신을 차리고 있자."

막동이는 반 토막 남은 초는 주머니에 넣고 손에 쥐고 있던 초는 거의 닳게 되자 바위 위에 진흙으로 붙여서 세웠다.

그들은 멍하니 그 다 닳아 가는 초를 바라보고 있었다. 초는 몹시도 빠르게 녹아 없어지는 것 같았다. 필경 초는 다 녹고 한 치쯤 되는 심지만 불에 댕겨 빳빳이 서 있었으나 금방 쓰러질 것 같았다. 힘이 약해진 불꽃은 올라갔다 내려왔다 하기도 하고 늘었다 줄었다 하기도 하며 도깨비불같이 푸른빛이 돌기도 하였다. 나중에는 그 가느다란 심지가 꺼멓게 타더니 꼭대기에 겨우 불똥이 남아서 가물가물하였다. 그걸 보는 막동이와 옥순이는 자기들의 숨도 금방 저 촛불과 함께 넘어가는 것같이 느껴졌다. 과연 촛불은 탁 꺼지고 무섭게 어둠이 덮어씌웠다. 옥순이는 막동이를 꽉 붙잡고 울었다. 막동이는 몸이 으쓱하니 추웠고 가슴이 떨렸다.

막동이는 곰곰 생각하여 보았다. 아마 여기 들어온 지 하루는 지나고 지금은 밤중쯤 된 것 같았다. 막동이는 어떻게 할까 하고 백 가지, 천 가지로 계교를 생각해 보았다.

"옥순아! 너 여기 혼자 가만히 앉아 있으면 내가 여기저기

길을 찾아보다가 오겠다, 응?"

하고 물었다. 과연 옥순이만 없으면 막동이는 이리 뛰고 저리 뛰며 힘을 다하여 사방으로 길을 찾아볼 수 있겠다고 생각하였다. 옥순이는 막동이를 꽉 붙잡으며

"아이고, 그게 무슨 소리냐. 난 무서워서 혼자는 못 있겠다. 그리고 네가 갔다가 길을 잃어버리면 우리가 만나지도 못하고 죽을 게 아니냐."

하고 울었다.

"응, 그렇기도 하다마는⋯⋯."

하고 막동이의 목소리도 떨렸다.

"그렇다고 이렇게 앉아 있을 수도 없고."

하고 막동이는 옥순이와 같이 맥이 풀리려는 것을 다시 정신을 가다듬어 생각을 골똘히 하기 시작하였다.

막동이는 한참이나 있다가

"옥순아! 수가 하나 생겼다. 옳다, 그렇게 해 보자."

하고 소리쳤다.

"어떻게? 무슨 수?"

하고 옥순이도 반가워하였다.

"저 다른 게 아니라 말야. 우리 옷을 꿰맨 실을 다 빼어서 잇대어 가지고 줄을 만들자!"

"그래서?"

"그래 가지고 한끝은 네가 가지고 여기 가만히 앉아 있고 나는 한끝을 가지고 길을 찾아 걸어 다니다가 다시 그 실을

따라서 오면 되지 않니?"

"난 무슨 큰 수나 났다고."

"아니, 그래도 지금 그렇게라도 해 보는 수밖에 없다."

그들은 초에 불을 켜 놓고 옷에 있는 실밥이란 실밥은 다 뽑아내었다. 그리고 대님, 허리띠, 옷고름, 댕기 이런 것을 모두 가늘게 찢어서 잇대어 매 가지고 줄을 만드니 어지간히 길었다. 그들은 민첩하게 움직여 줄을 만들었다.

"자, 그럼 너 한끝을 쥐고 가만히 앉아 있거라. 내 갔다 올게."

하고 막동이는 성냥과 초를 옥순이한테 맡기고 촛불도 켜지 않고 캄캄한 속에서 더듬거리며 구멍 뚫린 데로만 나갔다. 그렇게 가는 동안에 바위에 부딪혀 무릎도 깨지고 이마도 여러 번 다쳤으나 그대로 갔다. 가도 가도 어둠뿐이요, 빛은 없었다. 옥순이 혼자서 눈을 깜박깜박하며 앉아 있을 생각을 하니 답답하였다. 얼마를 가다가 돌이켜 서서 줄을 감으며 오는데 웬일인지 줄이 팽팽하지 않고 힘이 없었다. 그 순간 막동이는 정신이 아득하였다.

"아, 실이 끊어진 게로구나!"

막동이는 천만 길 낭떠러지에서 떨어지는 것 같았다. 몹시도 외로웠다. 이 경우에 옥순이와 서로 떨어진다는 것은 몹시 괴로운 일이요, 더욱 위태한 일이었다. 그보다도 막동이는 지척을 분간할 수 없는 이곳에서 어떻게 할지 막막하였다. 또 옥순이도 실이 끊어진 줄 알고 얼마나 애를 태우며 울지를 생각하니 기가 막혔다.

막동이는 허둥지둥 나오며

"옥순아! 옥순아!"

하고 불렀다. 머리를 이리 부딪히고 저리 부딪히며 소리쳤으나 대답은 없었다. 막동이는 이때처럼 옥순이가 보고 싶고 만나고 싶기는 처음이었다. 서로 만나기만 하면 죽어도 좋을 것같이 생각되었다. 실을 따라 나오니 뚝 끊어져 있고 다른 한끝은 찾아볼 길이 없었다. 아무리 손끝에 온 정신을 다 들여 더듬어 보아도 잡히지 아니하였다.

"아, 나는 딴 길로 또 들어섰구나. 공연히 가만히 앉아 있기나 할걸."

하고 막동이는 후회를 하였다. 막동이는 그래도 자꾸 걸음을 옮겼다. 그리고 연해서

"옥순아! 옥순아!"

하고 목이 터지게 불렀다.

옥순이는 막동이가 줄을 잡고 간 다음에 그 줄의 한끝을 꽉 잡고 앉아 있었다. 막동이가 점점 어디로인지 멀리 가 버릴 때 옥순이는 무섭고도 외로웠다. 그러나 그 가느다란 실줄이나마 막동이와 자기를 연달아 맨 것이라는 것을 생각하니 마음이 놓였다. 그래서 일단 그 실줄을 잡은 손끝에 정성을 모으고 있었다. 얼마 지난 뒤에 그 팽팽한 실이 갑자기 툭 끊어질 때 옥순이는 악! 소리를 치고 벌떡 일어나서

"막동아! 막동아!"

하고 소리쳤다. 그러나 아무 대답이 없자 옥순이는 푹 주
저앉아 엉엉 울었다. 인제는 막동이도 못 만나고 서로 떨어
져 죽는다는 것이 몹시 슬펐다. 그리고 막동이가 보고 싶어
견딜 수가 없었다.

'내가 왜 막동이를 붙잡지 못했던가?'

하고 옥순이는 울면서 생각하였다. 인제는 정말 큰일이
났다고 생각하였다. 그러나 옥순이는 다시 정신을 바짝 차
려 우선 초에 불을 켜 가지고 실줄을 따라 들어갔다. 인제는
무서운 것도 없고 다리 아픈 것도 씻은 듯 가신 듯하고 독이
나서 정신을 바짝 차리고 바위틈 굴속을 더듬어 들어가면서

"막동아, 막동아!"

하고 목이 터지게 불렀다. 그 부르는 입김에 촛불이 여러
번 꺼지려고 하였다.

"아이, 촛불이 다 닳기 전에 막동이를 만나야 할 텐데!"

하고 옥순이는 안타깝게 걸음을 빨리하였다. 바위 모서리
에 이마를 부딪혀 피가 철철 흐르지만 옥순이는 그것도 모
르고 캄캄함 속에서 애쓰며 있는 막동이를 찾아야 하겠다는
생각만 하였다. 따라가던 실줄이 뚝 끊어지고 다른 한끝이
보이지 아니할 때 옥순이는 절망하였다. 그러나 다시 힘을
내어 앞으로, 앞으로 나아갔다.

"옥순아!"

하는 듯한 소리가 들렸다. 옥순이는 온몸에 소름이 쪽 끼
쳤다.

"막동아!"

하고 옥순이는 있는 대로 힘을 다하여 소리쳤다. 그러나
서로 소리는 들리지마는 어떤 굴속인지 알 수가 없었다. 옥
순이는 정신을 가다듬어 소리 나오는 구멍 편으로 갔다. 한
참 가니 저 구석에서

"옥순아, 나 여기 있다."

하는 소리가 분명히 들렸다. 막동이는 옥순이가 들고 있
는 촛불을 향하여 달음질쳐서 왔다.

"막동아!"

하고 옥순이는 소리치고 넘어질 듯하였다. 그들은 너무
반가워 서로 손을 잡고 흐느껴 울었다. 옥순이는 막동이 가
슴에 얼굴을 박고 자꾸자꾸 울었다. 도무지 그치지 않고 어
린아이처럼 혹혹 흐느껴 울기만 하였다. 막동이는 옥순이
주려고 아까 감추어 두었던 과자 조각을 주머니에서 꺼내어
가만히 어린애 달래듯 옥순이 우는 입에 물려 주었다. 옥순
이는 처음에 무엇인가 하다가 그것이 과자인 줄 알고 몸을
흔들어 싫다는 뜻을 표하였다. 그러나 막동이는 부쩍부쩍
옥순이 꼭 다문 입속으로 틀어넣었다. 옥순이는 향긋한 과
자 냄새가 코를 찔러 입에서 침을 흐르게 할 때 못 이기는 체
하고 입을 벌렸다. 그리고 방긋 웃었다. 막동이는 배가 몹시
고프지만 만족스럽게 빙그레 웃었다. 그러나 그들의 얼굴에
는 눈물이 마르지 아니하고 흘렀다.

15

인제는 촛불도 마지막 반 개가 거의 다 타 버리게 되었다. 이 초 토막마저 없어지면 눈을 빼는 것과 마찬가지요, 최후의 희망이 끊어지는 것이었다. 이 캄캄한 굴속에서 꼼짝 못 하고 죽을 것을 생각하니 정신이 아득하였다. 초가 닳으려고 빠지직하는 소리가 들렸다. 그 소리는 막동이와 옥순이 가슴을 칼로 쑤시는 것 같았고 둘의 가슴은 바짝바짝 타들어가는 것 같았다. 그들은 그 촛불을 이 세상에서 가장 귀하고도 위엄 있는 것처럼 보았다. 그다음 순간에는 그 촛불처럼 가장 밉고 원망스러운 것은 없는 것 같기도 하였다.

"막동아, 인제 우리는 아주 죽는구나!"

하는 옥순이 목소리는 눈물로 꽉 멘 목에서 겨우 빠져나오는 것이었다.

"옥순아, 설마 하나님이 우리를 죽이기까지야 하시겠니?"

막동이는 여전히 버티었으나 그것도 힘없는 소리였다. 막동이는 다시 조금 큰 목소리로

"우리가 무슨 죄가 있기에 죽겠니?"

하고 말하였다.

"참말 하나님이 우리를 살려 주셨으면!"

하고 옥순이는 처량스럽게 말하였다. 촛불은 깜박하였다. 그것이 너희를 살려 주겠다는 뜻인지 죽이겠다는 뜻인지 알

길이 없었다.

"저 조그만 초 토막이라도 두어 둘까?"

하고 막동이는 말하였다.

"그까짓 것은 두어서 뭘 하게? 죽기야 마찬가진데."

하고 쳐다보는데 벌써 촛불은 다 닳아서 푹 꺼지고 말았
다. 절벽에 딱 마주친 것처럼 캄캄하였다.

옥순이는 푹 엎드려 소리쳐 엉엉 울었다. 그동안 오래 참
았던 울음이 봇물처럼 터져 나오는 모양이었다. 인제는 마
지막으로 실컷 울기라도 해 보겠다는 모양이었다. 그 울음
소리는 몸서리 날 만치 처량하게 굴속에 울렸다. 막동이도
따라서 실컷 울고 싶은 것을 꾹 참고 눈을 감은 채 정신을
더 차리려고 하였다. 자칫하면 둘이 다 미쳐서 정신없이 될
것 같았다. 막동이는 입술을 깨물며

"옥순아, 정신 차려라."

하고 흔들었다. 그러나 인제 옥순이는 아무것도 분변하지
못하고 다만 울음바다에서 헤매는 모양이었다. 막동이는 손
으로 턱을 받치고 어둠을 뚫고 생각을 오비작오비작 파 보
았으나 아무 계책이 나지 아니하였다.

"아, 하나님도 너무 지독하시다. 어쩌면 이렇게 꼼짝 못
하게 하실까? 우리만 살려 주시면 세상에 나가서 정말 착한
사람이 되어 줄 텐데!"

하고 막동이는 눈앞에 하나님이 우뚝 서 있기나 한 것처
럼 노려보며 중얼거렸다.

"나야 죽이더라도 저 가련한 옥순이나 살려 주었으면 좋지 아니할까?"

하고 막동이는 옥순이를 다시 흔들어 울지 말라고 하였다. 너무 가엾고 불쌍해서 견딜 수가 없었다. 옥순이는 그제서야 정신을 차렸는지 울음을 그치고 나서

"아이 막동아, 미안하다. 나만 생각하고 울었으니! 나는 죽어도 좋지마는 네가 퍽도, 퍽도 불쌍하다. 너를 살릴 수만 있다면 나는 어떤 짓이라도 하겠다!"

했다. 그런 옥순이 말은 진정이 있고 또 어른의 말 같았다. 막동이는 그 말을 들으니 난데없이 눈물이 쏟아졌다. 그것은 옥순이의 지극한 진정에 감동된 까닭이었다.

그들은 묵묵히 앉아 있었다. 그들은 인제 죽음이란 것을 천천히 고요히 생각해 보려는 것이었다. 이왕 죽을 바에는 깨끗하게 밝게 죽겠다는 것이었다.

그들은 과연 죽은 듯 계속 침묵하였다. 서로 죽지나 아니하였나 의심할 만치 고요하였다. 그런데 어디선지 갑자기 이상한 소리가 들렸다. 그것은 으응! 하는 우렁찬 소리로 사람의 소리인지 짐승의 소리인지 귀신의 소리인지 분간할 수 없었다. 막동이와 옥순이는 소스라치게 놀라 토끼처럼 귀를 쫑긋하고 기울였다.

다시 무슨 신음하는 소리가 들리더니 딱 끊어지고 말았다.

"무슨 소릴까?"

하고 옥순이는 가만히 말하였다. 목에 침이 바싹 말라 겨

우 말을 꺼냈다.

"글쎄, 이상한데."

그들은 처음에는 무서웠으나 이 죽은 듯이 적막한 굴속에서 그것이 비록 귀신의 소리일망정 소리나마 들리는 것이 반갑기도 하였다. 그들은 무서워하지 않고 일어나서 그 소리 나는 편으로 엉금엉금 기어갔다. 호기심이 그들에게 기운을 내게 한 것이다. 그 이상한 신음 소리는 가끔가끔 가늘게 들렸다. 그들은 그 소리 나는 편으로만 자꾸 걸음을 옮기는데

"아! 저것 봐라!"

하고 막동이가 소리쳤다. 옥순이는 깜짝 놀라 막동이를 꽉 붙잡고 물었다.

"뭐야? 응, 뭐야?"

"저, 저기. 희미한 불빛이 보이지 않니?"

"응? 참, 참! 무슨 불일까? 어서, 어서 가 보자!"

그들이 허둥지둥 무서움과 반가움이 뒤섞인 채 그 불빛을 따라가 보니 불빛이 점점 환해져서 길을 찾을 수가 있었다. 어둠 속에서 불빛을 보는 것처럼 무섭고도 반가운 것은 없으리라. 그들은 그것이 비록 도깨비불이라고 해도 쫓아가지 아니할 수 없었다.

가까이 가 보니 그 불빛은 바위에 붙여 놓은 촛불의 빛이었다. 그러나 그다음 순간 막동이와 옥순이는 이상한 것을 발견하였다. 바로 그들의 앞에 웬 사람이 누워 있었다. 옥순이는 그만 질겁을 해서 뒤로 물러섰다. 이 굴속에서 사람을

만난다는 것은 몹시 반갑겠지마는 또 그보다 더 무서운 것은 없었다. 그들은 온몸에 찬물을 끼얹은 듯 소름이 쭉 끼쳤다. 막동이는 용기를 내서

"여보, 여보!"

하고 소리쳤다. 그러나 아무 대답이 없고 고요하니 더욱 무서운 듯하였다. 옥순이는 벌벌벌 떨고 있었다. 막동이는 기운을 다시 내서 이번에는 허리를 굽혀 그 사람에게 손을 대어 흔들어 소리쳤다. 귀신인지 사람인지 분간 못 할 이 괴물에게 손을 대기란 여간 대담하기 전에는 할 수 없는 짓이었다. 금방 그 괴물이 벌떡 일어나서 덤빌 것 같았다. 그러나 이상하게도 그 사람은 움직이지도 아니하였다. 촛불을 켜 놓은 것을 보면 사람이 분명한데 잠이 깊이 들었을까 하는 생각을 하니 조금 안심은 되었다.

'대체 어떤 사람일까?'

막동이는 다시 몹시 흔들며 소리를 쳐서 깨워 보았다.

'죽었나 보다!'

하는 생각이 얼른 들었다. 옥순이도 눈치를 채고

"아마 송장인 모양이지?"

하고 떨리는 목소리로 말하였다.

"글쎄, 아마 죽었나 봐! 그런데 저 촛불이 웬 것이며 이 사람은 대체 누굴까? 이상한데."

하고 막동이는 촛불을 떼어 가지고 와서 그 사람의 얼굴에 바싹 대고 보았다. 아, 그 무서운 얼굴에 몸서리가 났다.

희미한 불에 비친 그 창백한 얼굴은 송장이 분명하였다.

입을 벌리고 이를 악물고 험상스럽게 생긴 그 죽음의 얼굴은 보기에도 끔찍하였다. 옥순이는 악 소리를 치고 두 손으로 눈을 가렸다. 이 캄캄하고 무서운 굴속에서 송장을 만난다는 것은 더 한층 무서운 일이었다. 막동이는 촛불로 비춰 그 얼굴을 자세히 들여다보다가 소스라치게 놀라 악! 하고 멈칫하였다. 그 사람은 다른 사람이 아니라 막동이가 두 번이나 본 사람이었다. 한 번은 밤중에 무덤 있는 산으로 갔다가 칼로 사람을 찔러 죽였던 그 무서운 사람이 틀림없었다. 또 한 번은 도깨비집에 갔다가 도둑놈을 만났는데 바로 그 도둑놈과 같은 사람이었다.

막동이는 몸서리를 쳤다. 그러나 그 무서운 살인범이요, 도둑놈인 그가 살지 않고 죽었다는 것이 안심되면서도 한편으로는 더 무서웠다. 옥순이에게 그 말을 하면 더 무서워할 것 같아서 아무 말은 아니 하였으나 대체 이 사람이 여기는 왜 와서 죽었을까 궁금하였다. 막동이가 사방을 살펴보자 거기 반가운 물건이 놓여 있었다. 이 굴속에서는 태양보다도 귀한 초가 여러 개 있었다.

"여기 초가 여러 가락 있구나."

하고 막동이는 얼른 집었다. 옥순이도 무서운 것을 잊은 듯이 너무 반가워

"응? 초가 있어? 아이 좋아라."

하고 부르짖었다. 과연 그들은 다시 살아난 것 같았다. 막

동이는 다시 촛불을 밝혀 사방을 보니 죽은 사람 바로 옆 바위틈에 이상한 것이 번쩍거리는 것을 보았다.

"이게 뭔가?"

하고 막동이는 가까이 가서 보았다.

"아, 금덩이!"

하고 소리쳤다. 과연 거기에는 금과 은과 돈과 여러 가지 보물이 잔뜩 있었다. 무슨 자루 같은 데다가 담아 놓았다.

"막동아, 이게 웬 것일까?"

하고 옥순이는 이상하다는 듯이 물었다. 막동이는 눈을 깜박깜박하며 한참 생각하더니

"옳지, 알았다. 이게 바로 이 도둑놈이 도둑질한 것인데 여기다가 감추어 두려고 한 것인가 보다."

하고 고개를 끄덕끄덕하였다.

"그럼 왜 죽었을까?"

"글쎄, 그것이 좀 이상한데. 아마 이 사람도 우리처럼 들어오기는 왔으나 나가는 길을 몰라 헤매다가 여러 날 굶어서 죽은 모양이야."

"그럼 이 사람처럼 우리도 저렇게 굶어 죽어 송장이 되겠지?"

하고 옥순이는 다시 힘없이 말하였다.

"아니, 인젠 이 초가 있으니까 길을 찾아 나갈 수 있겠지."

"그런데 막동아, 나는 제일에 배가 고프고 기운이 없어 꼼짝 못 하겠다."

"그래도 기운을 내고 독을 내서 마지막으로 길을 찾아 나가 보자. 이렇게 초가 생기게 된 것은 하나님이 우리를 살리시려고 한 것 같다."

"글쎄, 그럼 길을 찾아가 보자. 어서 이 자리는 떠나가자. 무서우니."

"그런데 저것을 우리 가지고 갈까?"

"뭘?"

"저 보물을."

"아이고, 지금 죽을지 살지 모르는 판에 그까짓 것은 뭣하러?"

"아니, 나는 가지고 나갈 테야. 저것만 가지면 큰 부자가될 텐데."

"대관절 그걸 가지고 나가면 죄가 아니 될까?"

"참, 나도 그걸 지금 생각했다. 그러나 이 굴속에 있는 임자 없는 물건이요, 하나님이 우리에게 주신 것이니까 가지고 나가도 괜찮을 것이다."

"그래도 또 기운이 없는데 무거워서 어떡해?"

"뭘, 그까짓 것."

하고 막동이는 그것을 번쩍 들어서 어깨에 메어 보았다.

"꽤 무거운데. 그래도 어디 가지고 가 보자."

옥순이는 촛불을 들고 앞서서 길을 인도하고 막동이는 보물을 메고 끙끙거리며 뒤를 따라서 나갔다.

'예끼 놈 누구냐!' 하는 소리가 뒤에서 나며 송장이 벌떡 일어나서 쫓아오는 것 같아서 무시무시하였다. 꼬불꼬불 뚫린 바위틈의 길을 찾아서 그들은 걸음을 빨리하였다. 식은 땀이 온몸에 주르르 흐르고 금방 쓰러질 것 같으나 젖 먹던 기운을 다하고 이를 악물며 지금 펄썩 주저앉으면 영영 죽어 버릴 것을 생각하고 한 걸음, 두 걸음 나아갔다. 그것은 과연 생명을 걸고 자국자국에 피가 맺히는 걸음이었다. '살자! 살자!' 하는 굳센 힘이 그들의 다리 아픈 것, 배고픈 것을 이기게 하였다. '가고 가면 설마 끝닿는 데가 있겠지!' 하는 희망을 품고 나아갔다. 과연 이 나이 어린 소년 소녀의 굳센 마음은 눈물 날 만치 비장하였다.

얼마를 갔는지 길이 차차 넓어지고 물과 풀이 보이며 경치가 아름다워졌다. 좁디좁은 바위틈으로 기어 나오다가 이 넓은 데만 와도 산 것 같고 시원하였다. 그들은 철철 흐르는 물을 마셨다. 물을 어찌나 많이 먹었는지 배가 불룩해지고 배 속에서 꾸르륵꾸르륵하는 소리가 났다. 빈속에 물이 들어가서 요동을 하는 모양이었다.

갑자기 옥순이는 막동이를 꽉 붙잡으며

"아이고, 저게 또 무슨 소리냐?"

하고 눈이 동그래져서 호통을 쳤다.

"어디, 무슨 소리 말야?"

하고 막동이는 귀를 기울였다.

과연 어디선가 쏴, 쏴, 철썩! 하는 요란한 소리가 들렸다. 그것은 천지가 뒤집히는 듯 굴이 무너지는 듯 굉장한 소리

였다. 막동이는 눈살을 찌푸리고 팔짱을 끼고서는

"이상하다, 무슨 소릴까?"

하고 사방을 둘러보았다. 그리고 곰곰이 생각해 보았다. 한참 후에 막동이는 손뼉을 치며

"옳지, 알았다!"

하는 그 눈에는 이상한 광채가 번쩍였다.

"그래, 무슨 소리 같으냐?"

하고 옥순이는 반색을 하였다.

"저 다른 게 아니라 바다 물결 소리야! 물결이 바위에 부 딪히는 소리야!"

"응? 그럼 우리가 바다 근처에 나왔단 말이지?"

하고 옥순이도 손뼉을 치며 좋아하였다.

"좌우간 조금만 더 가면 굴 밖으로 나갈 수 있겠는데. 자, 우리 저 물결 소리 나는 쪽으로만 찾아가자."

그들은 인제 다리 아픈 것, 배고픈 것은 어디로 다 가 버리 고 기운이 버쩍 나고 신이 났다. 그래서 물결 소리 나는 편으 로 걸음을 옮겼다.

"막동아, 저기 봐! 구멍이 뚫리고 환해지는걸."

하고 옥순이는 막동이를 꽉 붙잡으며 소리쳤다.

"아, 인제 다 나왔다. 저게 굴에 들어오는 구멍이다!"

그들은 달음질을 쳤다. 인제는 눈이 부시게 환해져서 촛 불을 탁 껐다. 굴 밖으로 나오니 거기에는 바위가 있고 푸 른 바다가 그 아래에 있으며 물결이 흰 거품을 내며 철썩철

썩 부딪히는 것이었다. 그 물결에 아침 햇빛이 비치어 찬란하게 번쩍이는 것이 마치 막동이와 옥순이를 환영하며 웃는 것 같았다.

막동이는 두 손을 번쩍 들고 푸른 바다와 하늘과 해를 바라보며

"만세! 만세!"

하고 소리쳤다. 옥순이도 웃으며 눈물을 흘렸다. 너무 기뻐서 어쩔 줄을 몰랐다. 캄캄한 지옥에서 꼭 죽을 줄 알았는데 이렇게 광명한 새 세상에 나오게 되니 춤을 추고 싶을 만치 기뻤다. 그들은 눈물을 줄줄 흘리면서도 웃으며 하늘을 쳐다보고 자기들을 살려 주신 하나님께 감사하였다. 하늘에 떠가는 흰 구름 조각들도 벙실벙실 웃는 것 같았다. 그들은 모든 것이 즐겁고 아름다워 보였다.

16

그 가을, 그 겨울도 다 지나고 봄이 되었다. 봄은 하늘에서 부터 내려온다. 그렇게 뜨거운 해도 겨울에는 얼어붙는지 햇볕조차 차디차다가도 봄이 되면 태양도 따뜻한 볕을 푸른 공중에서 금가루처럼 뿌려 준다. 또 봄은 산에서부터 기어 내려온다. 산골짜기에 있던 눈과 얼음이 다 녹아서 물이 되어 가지고 콸콸 흘러 내려온다. 그리고 숲속에 웅크리고 있던 아름다운 새들도 날개를 펴고 나온다. 또 봄은 시냇가에 서부터 시작한다. 시냇가에 늘어진 버드나무가 파릇파릇 움이 터서 방긋 웃는 듯하다. 그리고 시냇가에는 겨울에 하지 못한 빨래를 하느라고 부인네, 새악시들이 나와서 방망이질을 한다. 오리들도, 고기들도 기운차게 헤엄친다.

또 봄은 들에서부터 시작한다. 끝없는 벌판을 내다보면 아지랑이가 가물가물하는데 풀과 꽃이 수를 놓은 듯하고 각색 나비들이 펄펄 날며 춤을 춘다. 농부들은 씨를 뿌리고 울긋불긋한 저고리와 치마를 입은 처녀들은 나물을 캐느라고 밭이랑과 논두둑에서 앉은걸음을 친다.

봄이 왔다! 참 좋은 봄이 왔다. 봄, 봄, 아무리 생각해도 좋은 봄철이다. 봄이 오면 사람들도 봄이 된다. 누렇던 얼굴도 불그스레해지고 오그라들었던 얼굴에도 활짝 웃음꽃이 피며 온몸에 강물 줄기 같은 핏줄기에도 힘 있게 피가 돌아다

소영웅

니고 답답하던 가슴에도 봄기운이 들어와 시원하게 활짝 펴진다. 뾰로통하니 오므렸던 입도 벌어지면서 버들피리 소리 같은 휘파람이 절로 나오며 얼음기둥 같은 다리도 곧 풀려 천 리, 만 리라도 걸어갈 것같이 기운이 난다.

그보다도 봄은 꼭 무슨 마음이 있는 것 같다. 봄은 이상하고도 아름다운 무슨 생각을 가진 움직이는 물건처럼 보인다. 그렇기에 봄은 만물을 움직이고 사람의 마음까지 동하게 하는 것이 아닌가. 아마 조물주의 마음이 곧 봄이요, 봄에는 하늘의 뭇 아름다운 천사들이 다 이 땅으로 내려와 꽃도 피고 풀도 나고 나비도 되고 모두 그러는가 봐. 그러기에 그렇게 보기 흉하던 천지가 새롭고 아름답고 기쁘고 즐겁게 되는 것이지.

왜 봄 타령을 이렇게 길게 하는고 하니 봄이 되니 아니 할 수 없고 또 하자면 자꾸 하고 싶고 그만두기가 섭섭해서 하는 것이지마는 더구나 어릴 적에 봄을 맞는 일이란 이상하다. 막동이도, 옥순이도 또 그밖의 여러 동무들도 그 아름다운 시골에서 새봄을 맞이할 때 여간 재미있지를 아니하였다. 재미도 있으려니와 또 한편 섭섭하기도 하였다. 그것은 그들이 소학교를 이번 봄에 졸업하기 때문이다. 졸업이란 한없이 기쁘면서도 슬픈 일이다.

시골 조그만 사립 보통학교의 졸업식 날이 닥쳐왔다. 이 동네에서는 큰 경사였다. 그날은 봄날치고도 청명한 날이었다. 푸른 하늘은 맑게 개었는데 너무 심심했는지 몇 조각 흰 구름이 흰 비둘기처럼 둥둥 떠 있을 뿐이었다.

이번 졸업생은 남자가 열여섯 명, 여자가 일곱 명이었다. 그중에는 물론 막동이와 옥순이도 섞여 있었다. 막동이는 꼴찌로만 붙어 다니다가 나중에 공부를 잘해서 졸업할 때는 중간쯤으로 겨우 올라붙었다. 그래서 모두 칭찬을 하고 놀랍고 신기하게 생각하였다. 미리 좀 서둘렀다면 우등생도 될 뻔하였다. 옥순이는 여전히 첫째로 오늘 졸업식에서는 학생 대표로 답사까지 하게 되었다.

막동이는 이 동네에서 아주 유명한 아이가 되고 말았다. 더구나 그 굴속에서 살아 나온 뒤로는 아이들은 막동이를 만나면 그 이야기를 해 달라고 하였다. 또 막동이가 그 이상하고 경치 좋은 굴을 발견하여서 차차 그 굴이 유명해지고 구경꾼도 많아졌다. 막동이가 가지고 나온 보물은 팔아서 돈으로 만드니 거의 천 원이나 되었다. 막동이는 그것을 반은 옥순이를 주겠다고 하였으나 옥순이가 그만두라고 하고 그의 아버지 군수도 그만두라고 하고 또 동네 공론이 가난한 막동이가 다 가지는 것이 옳다고 해서 그것으로 조그만 집을 사고 밭을 샀다. 인제는 시골에서 막동이 할머니와 이쁜이가 지내기는 과히 어렵지 않게 되었다. 그리고 얼마간 남은 돈은 막동이가 할머니에게 졸라서 빼앗아 가지고 유돌이에게 주고 또 얼마는 예배당과 학교에 바쳤다.

군수 내외도 막동이가 옥순이를 데리고 그런 데를 갔나 하고 야단을 칠 줄 알았는데 그와 딴판으로 옥순이가 살아

나온 것이 너무 좋아서 그런지, 막동이의 위인이 비범하게 보여서 그런지 막동이를 사랑하였다. 그들이 굴에서 살아 나온 후 며칠 뒤에 군수 집에서는 막동이와 옥순이를 위하여 큰 잔치가 열렸는데 그것은 한 집안의 잔치가 아니라 온 동네의 잔치와도 같았다. 옥순이와 막동이는 여간 기쁘지를 아니하였다.

졸업식을 알리는 종이 땡땡 울렸다. 졸업생이 맨 앞에 서고 다른 학생들이 그 뒤에 나란히 서서 교실로 들어갔다.

'여기가 인제 마지막이로구나.'

하는 생각을 하니 막동이는 울 듯하였다. 선생님들도 억지로 웃었지마는 얼굴에는 섭섭한 기색이 돌았다.

수염이 허옇게 날리는 교장 선생님, 이 교장은 동네에서 제일 점잖고 돈이 많은 분이나 이 학교를 위해서 자기가 지닌 논과 밭을 다 팔아 내놓은 어른이다. 그래서 지금은 재산이 넉넉하지 않아 어렵게 지내는 형편이다. 교장은 일어나서 여러 학생들에게 이렇게 말하였다.

"여러분, 오늘 이렇게 훌륭하게 졸업을 하게 되니 얼마나 기쁘시오? 그러나 나는 사랑하는 여러 학생을 보내게 되니 퍽 섭섭합니다. 바라기는 나가서라도 이 학교를 잊어버리지 말고 또 이 학교에서 배운 대로 행하시오. 여러분 중에 이담에 조선의 유명한 인물이 나올 것을 믿습니다. 아무쪼록 성공해서 좋은 사람이 되기를 바랍니다. 나는 늙어서 저 고목 나무와 같이 썩어 버리지마는 여러분은 봄의 새싹, 새 꽃처럼 될 테니 내가 혹 죽더라도 이 학교를 여러분 중에서 뒤를 이어서 잘해 나갈 분이 생기기를 축원합니다. 이 쓰러져 가는 학교를, 이 가난한 학교를 여러분은 잊지 마십시오."

늙으신 교장의 눈에는 눈물이 고였다. 학생들도 가슴이 뿌듯하였다. 학생들은 졸업 증서를 받고 졸업 노래를 하였다. 군수의 연설도 있고 식이 끝난 후에는 사진을 찍고 다과회도 있었다. 그러나 막동이는 이 모든 것이 지나고 학교 문을 마지막으로 나올 때는 눈물이 핑 돌고 서운하고 심심하고 어디를 가야 좋을지 몰랐다. 졸업한 후 며칠 동안 맥이 탁 풀리고 한심하였다. 옥순이도 서울로 공부를 하러 간다고 하고 다른 동무들도 서울로 혹은 원주로, 춘천으로, 원산으로 모두 공부를 하러 간다는데 막동이는 할머니가 집에서 농사나 짓고 살자 하며 보내지 아니하였다. 더구나 서울 가서 공부를 할 만한 돈도 없고 겨우 시골에서 농사를 지어야 세 식구가 살 만하였다.

막동이는 이리 궁리, 저리 궁리를 혼자서 산으로, 들로 다니며 하여도 도무지 묘책이 나지 아니하였다. 그런데 하루는 옥순이가 와서 자기 아버지가 부른다고 하면서

"아마 무슨 좋은 일이 있나 보다."

하며 빙글빙글 웃었다. 막동이도 호기심을 품고 군수의 집에 갔다.

"오, 너 잘 왔다. 그런데 참, 너 졸업을 했으니 무얼 할 작정이냐?"

하고 군수가 물었다. 막동이는 겨우 입을 떼어

"아직 작정 못 했습니다."

하고 대답하였다.

"대관절 뭘 하고 싶으냐?"

"공부하고 싶어요."

"공부? 응, 그렇기도 하겠지. 그러나 그것은 네 분수에 지나친 생각이다. 어디 공부할 돈이 있느냐? 그리고 네가 집을 떠나면 늙으신 조모와 어린 누이를 어찌하겠니?"

"……."

"그러니 내 말대로 하여라. 나도 너를 기특히 생각해서 이 군정 급사(給仕)로 뽑았으니 와서 일을 해라. 잘하면 월급도 오르고 또 더 잘하면 고원도 될 테니."

"그건 싫습니다."

하고 막동이는 딱 잘라서 말하였다. 군수는 깜짝 놀라서 또 노여워 얼굴이 붉어지며

"뭐야? 싫다고? 아니 그래, 네 주제에 그럼 뭘 하겠단 말이냐? 응, 고약한 놈 같으니. 어른이 이처럼 잘 지시해 주시는데 싫다고 그래? 지금 그 급사로 들어오려고 하는 아이가 십여 명이나 되는 데서 내가 너를 특별히 생각해 뽑아 주는데 싫다고? 흥, 기막힌 일도 다 있구나."

막동이는 아무 대답할 말이 없었다. 너무 경솔하게, 불공스럽게 대답한 것 같으나 그래도 군수가 자기를 그렇게 낮추 본 것이 분하고, 더구나 자기 딸은 공부를 시키고 나는

한층 떨어져 급사밖에 못 되는 것으로 생각하는 것이 분하였다. 그리고 옥순이 보는데 군청에 가서 찻그릇이나 들고 다니며 불이나 피우는 하인이 되고 싶지는 아니하였다.

"그럼 가거라."

하고 군수는 불쾌하게 말하였다. 막동이는 절을 꾸벅하고 나왔다. 군수 집 뒷담을 돌아 동산길로 걸어갔다. 좌우에는 꽃이 만발하고 나비가 날며 벌이 왱왱하고 돌아다녔다. 막동이는 한심해서 고개를 푹 숙이고 가는데 뒤에서

"막동아!"

하는 소리가 들렸다. 휙 돌아보니 옥순이가 달음박질해서 오더니 씩씩거리며

"그래, 아버지가 무어라고 하시던?"

하고 급히 물었다. 부끄러워서 그런지, 더워서 그런지 얼굴은 꽃처럼 붉어졌다.

"뭐, 알 것 없다."

"왜?"

"글쎄."

"아니 말 못 할 것 뭐 있니?"

"너희 아버지께서 날 보고 군청의 급사가 되라고 하시더라."

"뭐?"

하고 옥순이는 깜짝 놀랐다. 그리고 얼굴에 미안하고 노여운 듯한 기운이 나타났다.

"아이고, 아버지도 참 망령이시네. 어쩌면 그럴까? 난 무

슨 좋은 말이나 하실 줄 알았더니."

　막동이는 잔디밭에 펄썩 앉아 공연히 홧김에 풀만 자꾸
뜯었다. 옥순이는 조금 떨어져서 아무 말 없이 꽃을 땄다.

17

비가 부슬부슬 온다. 봄비는 처량하다. 꽃이 떨어지게 되니 눈물을 흘리는 모양이다. 막동이도 마음이 신산하였다. 동무들은 여기저기로 떠나고 옥순이도 서울로 공부하러 가고 자기만 집에서 나무나 하고 농사나 하게 되니 어쩐지 한층 뚝 떨어진 것도 같고 외로웠다. 그런 데다가 비까지 쏟아지니 한심하였다.

그까짓 군청 급사 다니는 것보다는 차라리 할머니와 농사를 짓는 것이 낫다고 생각하였다. 막동이는 자기는 공부 못하지마는 그 대신 이쁜이를 보통학교에 입학시켰다. 이쁜이가 책보를 끼고서 너무 좋아하며 가는 것을 볼 때 막동이도 느긋하였다. 유돌이는 자주 놀러 왔다. 막동이는 유돌이와 노는 것이 제일 재미있었다. 유돌이는 학교에도 못 다니다가 막동이가 놀게 되니 그제서야 정말 동무가 된 것 같아 기뻐하였다.

비는 개었다. 해가 반짝 나왔다. 나무가 모두 새파랗게 된 것 같았다. 유돌이가 와서 산으로 놀러 가자고 하였다. 막 나오려고 하니 할머니가

"애, 내일 땔 나무가 없다. 산에 가서 나무나 해 오렴."

하고 소리치셨다. 막동이는 지게를 지고 나섰다. 유돌이는 뒤로 따라오며 능청맞게도 소리를 잘하였다. 소가 밭을

가는 것도 보이고 씨 뿌리는 농부도 드문드문 보였다.

그들은 높은 산, 깊은 골짜기로 들어갔다. 막동이는 나무를 하는데 유돌이도 나무 삭쟁이•를 주워서 보탰다. 산은 진달래꽃이 만발하여 푸른 소나무 사이에서도 내다보며 방긋 웃고 바위 위에서도 빙긋 웃는 것이었다. 어디를 보나 붉은 진달래꽃이었다.

막동이는 나무를 하다가 높은 봉우리에 앉아서 멀리 산과 들판을 바라보았다. 막동이는 또 공연히 마음이 슬퍼졌다. 겨우 이 산골에서 농사나 짓고 나무나 하다가 죽는 신세가 되고 말 것이 처량스러웠다. 보통학교 다닐 때는 그래도 졸업하면 중학교, 대학교 다니게 되고 훌륭한 사람이 될 것이라고 꿈처럼 생각한 것이 휙 깨뜨러지니 오직 기가 막힐 뿐이었다. 유돌이는 씨근벌떡거리고 뛰어다니며 진달래꽃을 잔뜩 꺾어서 꽃방망이를 만들어 가지고 와서

"막동아, 이것 나뭇짐에 찔렀다가 이쁜이나 주렴."

하였다. 막동이는 언뜻 옥순이 생각이 났다.

'꽃방망이를 서울로 보낼까?'

하는 생각을 하고는 빙긋 웃었다.

"너 왜 웃니?"

하고 유돌이가 물었다.

"글쎄, 왜 웃을 듯하냐?"

"그걸 어떻게 아니? 금방 샐쭉했다가 해쭉하니 그 속내를

• '마른 나뭇가지'의 방언

172

어떻게 안단 말이냐?"

"너는 근심, 걱정이 없니?"

하고 막동이는 정색을 하고 물었다.

"어린애가 무슨 걱정이야. 사내대장부는 걱정을 않는 법이란다."

"참, 너는 팔자 좋다. 나도 그렇게 생각해 왔다마는 요새는 정말 속상하다."

"왜?"

"공부 못 해서."

"공분 해 뭣 하니?"

"너는 태평이로구나. 하긴 너처럼 쇠통♦ 공불 안 하였다면 좋을 뻔하였다. 공연히 소학교나 졸업해 놓으니 감질만 나는구나."

"그럼 공부하지."

"어떻게?"

"어떻게는. 하면 했지 못 할 것 있니?"

"그야 맘만 먹으면."

"그럼 됐지."

"그래도 말이다. 서울 가면 우선 돈도 없지. 그까짓 돈이야 노동해서 고학도 할 수 있지만 제일에 할머니와 이쁜이를 내버리고 가면 어떻게든 산다니?"

"참, 그렇긴 하다."

♦ '온통'의 방언

하고 유돌이도 한숨을 쉬었다. 막동이는 하늘을 쳐다보았다. 그 넓고 푸른 공중에 독수리 한 마리가 활개를 쭉 펴고 기운차게 둥둥 떠가는 것을 볼 때 어깨가 으쓱해졌다.

"에익! 나도 저렇게……. 옳다! 서울로 가자!"

멀리 동해 바다가 보였다. 흰 돛을 단 배가 새처럼 떠간다.

"오냐! 나도 가자!"

이렇게 막동이는 소리쳤다. 산 아래로 널브러진 아름다운 벌판을 물끄러미 굽어보고 있던 유돌이는 갑자기 막동이를 휙 돌아보며

"막동아! 좋은 수가 있다."

하고 부르짖었다.

"좋은 수라니?"

"너 서울 가서 공부해라."

"글쎄, 공부하러 간다는 것밖에."

"그래도 너 할머니 때문에 걱정했지?"

"그래, 하긴 제일 걱정이야."

"그러게 말야. 그럼 할머니를 내가 맡아 모실 테야."

"뭐? 뭐? 네가? 참 그러면 좋겠다."

"내가 너 대신 나무도 하고 농사도 짓고 해서 너 공부 잘 하도록 할 테니 염려 말고 가거라."

"얘, 유돌아! 너 그게 정말이냐?"

하는 막동이의 얼굴에는 웃음이 넘치고 눈에는 눈물이 고였다.

"아, 그리하고말고. 내 너 위해서는 뭐든지 하마. 그 대신 너는 공부 잘해서 아주 높은 사람이 되어 가지고 와야 한다!"

하는 유돌이의 얼굴에는 엄숙한 빛이 돌았다.

"암! 꼭 된다마다!"

하고 막동이는 유돌이의 손을 꽉 쥐었다.

"그럼 나는 내일, 아니 오늘 밤이라도 떠나겠다. 우리 집 일은 다 네게 맡기고."

"그럼 도망할 테냐?"

"그래야지, 어떡하니?"

"아니, 할머니께 너와 내가 말을 하고 가는 게 좋다."

"그럼 으레 할머니가 야단치실걸."

"그럼 그때는 도망가더라도 먼저 말을 해야 한다."

"그렇긴 하다. 말을 잘하면 들으실지도 모른다."

막동이는 다시 기운이 나서 가슴을 헤치고 맑은 바람을 잔뜩 들이마신 뒤에 두 팔을 번쩍번쩍 들며 체조를 하였다. 그의 눈동자에는 희망의 불이 불타고 그의 온몸에는 영웅다운 기운이 팽팽하게 감도는 것 같았다. 유돌이는 이러한 막동이의 얼굴을 물끄러미 바라보면서 웃는 듯 우는 듯 감개가 깊은 모양이었다. 그들은 형제와 같이 사랑하고, 아니 그보다도 더 큰 정과 의가 얽히는 것이었다.

"막동아, 너는 서울에서 공부하고 나는 시골에서 농사짓고. 나도 장난만 했지만 인제는 부지런히 농사를 지으마."

"암, 나도 장난만 했지마는 인제 공부를 잘할 테다."

해가 뉘엿뉘엿 넘어가려고 할 때 그들은 동네로 내려왔다. 해 질 때의 이 마을은 참말 아름다웠다. 산이나 들이나 냇물이나 모두 불그스름해지고 갑자기 조용해지는 것이 동네가 온통 어떤 꿈나라로 들어가는 것 같았다.

그날 밤에 막동이와 유돌이는 울면서 할머니에게 졸랐다.

"할머니, 제가 막동이 대신 손자 노릇도 하고 일도 잘할 테니 막동이 소원을 풀어 주십시오."

하고 유돌이도 진정으로 애걸하였다.

할머니는 처음에는 펄쩍 길길이 뛰며 반대하더니 좀 수그러지고 솔깃하였다.

"어디 사람의 일 알 수 있습니까? 막동이가 참말 공부나 잘해서 군수나 된다면 할머니도 좋지 않겠어요?"

하고 유돌이는 또 능청을 피웠다.

"에, 원님은 그만두고 군주사♦나 순사♦♦만 되어도 내가 춤을 추겠다."

하고 할머니도 주름 잡힌 오그랑바가지♦♦♦ 같은 얼굴에 웃음 물결을 일으켰다.

"그까짓 군수요! 그보다도 더 훌륭해질 테니 두고 보세요."

하고 막동이도 희떱게 한번 뽐냈다.

"아따, 네 맘대로 해라. 가서 고생하거든 도로 내려올 마

♦ 군의 사무를 관리하는 자로 오늘날 일반직 6급 공무원의 직급에 해당한다.
♦♦ 일제강점기에 경찰관의 가장 낮은 계급으로 오늘날 순경에 해당한다.
♦♦♦ 덜 여문 박으로 만들어 오그라진 바가지

음 갖고."

막동이는 할머니의 승낙을 받자 하늘로 올라갈 듯 기뻤다. 막동이는 벌떡 일어나더니 아랫목에서 윗목까지 재주를 팔딱팔딱 넘었다. 너무 기쁜 김에 어려서부터 좋아하던 재주를 한번 부린 것이다. 유돌이도, 이쁜이도, 할머니도 웃었다. 할머니는 웃다가 입을 딱 벌리고

"애고매, 기가 막혀라. 저런 철부지 어린것이 서울엘 어떻게 가겠다고 야단이냐."

하고 잘록한 아픈 허리를 두 손으로 주물렀다.

18

막동이가 고향 집을 떠나는 날이다.

따뜻한 봄날 막동이네 조그만 초가집 앞에는 날라리봇짐◆
을 진 막동이가 여러 사람에게 에워싸여 작별 인사를 받고
있다. 막동이 할머니는 치맛고름으로 눈물을 씻으며 그래도
멀리 떠나는 손주의 얼굴이나마 더 보려고 쏟아지는 눈물이
귀찮은 듯이 눈을 비비며 쳐다보고는 또 울고 하였다. 막동
이 누이동생 이쁜이는 할머니 치마를 붙잡고 역시 훌쩍훌쩍
울었다. 그밖에 동네 늙은이들, 막동이 학교 동무들이 있었
다. 유돌이는

"늦겠다. 어서 가거라."

하고 슬픈 마음을 스스로 위로하려는 듯이 씩씩하게 말하
였다. 길가에는 방초가 우거지고 앉은뱅이꽃이며 여러 가지
꽃이 피었다. 막동이네 집 담 너머로 복사꽃이 내다보며 역
시 작별의 인사를 하는 듯하였다. 막동이가 사랑하는 개는
멋모르고 세로 뛰고 가로 뛰며 야단법석이다.

막동이는 웬일인지 눈물이 아니 나서 할머니에게 미안하
였다. 좀 울어 보려고 하였으나 눈물이 나오지 아니하였다.
할머니의 얼굴에는 주름살 사이로 눈물이 개천의 물처럼 흘

◆ 걸어서 먼 길을 떠날 때 보자기에 싸서 어깨에 메는 작은 짐. 문맥상 '괴나리봇짐'을
말한다.

러 내려왔다.

"막동아, 부디 몸 성히 있다가 오너라. 가서 고생되거든 얼른 오너라, 응? 그리고 자주 편지해라. 할미 간장 녹이지 말고."

막동이는 여러 사람에게 인사를 하고 떠났다. 집 앞에 밭길을 지나 상나무배기 우물을 지나 다시 휘돌아 느티나무 밑 돌다리를 건너서 이 동네에서 자랑하는 연못을 돌아서 편한 들판의 길로 나섰다. 유돌이가 뒤에서 따라오며

"해가 저렇게 높이 떴다. 배 시간이 늦지 않을지 모르겠다."

하고 중얼거렸다. 아침 해는 고왔다. 들판을 아름답게 비췄다. 막동이는 유돌이에게 말하였다.

"인제 그만 들어가거라. 가서 할머니와 이쁜이 맘이나 안정시켜 다오."

"응, 걱정 말아라. 저 산모퉁이까지 가자."

"집안일은 너만 믿고 걱정 안 할 테다."

"건 염려 말아라. 너나 가서 운수 잘 트여서 공부나 잘해 가지고 아주 큰사람이 되어서 오너라."

"오냐. 설마 될 테지."

"그럼 난 들어간다. 잘 가거라."

"잘 있거라."

그들은 손을 힘 있게 쥐었다. 유돌이의 눈에 눈물방울이 맺혔다. 그러나 막동이는 웬일인지 가슴은 꽉 막히면서도 눈물은 나오지 아니하였다. 그래도 다른 사람들과 작별할

때보다 유돌이와 작별하는 것이 제일 섭섭하였다.

유돌이는 돌아서서 간다. 막동이는 밭길, 논길을 지나 인제는 산모퉁이를 돌아서서 조금만 더 가면 고향 산천이 보이지 않는 곳에 왔다. 막동이는 발을 멈추고 혼자서 마지막으로 고향을 멀리 바라보며 작별하였다. 산 밑에 있는 동네는 까마득하게 보인다. 뒷동산 숲이 시꺼멓게 보인다. 그 숲속에서, 그 동산에서 꽃 꺾고 연 띄우고 씨름하고 삘기◆ 뽑고 밤 따 먹던 모든 지난 옛일이 역력히 떠올랐다. 어린 시절에 놀던 그 보금자리를 떠난다는 생각을 하자, 정처도 없이 반기는 동무도 없는 천 리 타향으로 떠난다는 생각을 하자 그렇게 나오지 않던 눈물이 펑펑 쏟아졌다. 어머니, 아버지도 없는 외로운 신세, 일가친척도 없고 돈도 없고 모든 것이 외로울 뿐이었다. 막동이는 목 놓고 엉엉 울었다.

"언제 다시 올지 모르는 저 고향! 저 아름답고 평화한 고향! 고향아, 잘 있거라!"

하고 막동이는 소리치며 울었다. 조금만 어리고 맘이 약한 아이였다면 주저앉거나 다시 달음질쳐 가서 할머니 품에 안기었으리라. 그러나 막동이는 주먹으로 눈물을 쓱쓱 씻고 입술을 꼭 깨문 다음에 획 돌아서서 걸음을 빨리 걸어 앞길로 향해 나아갔다.

그는 인제 고향 생각, 슬픈 생각이 없어지고 넓은 서울에

◆ 벼과의 여러해살이 식물로 띠라고도 불린다. 꽃은 5월에 피는데 꽃으로 나온 어린것을 뽑아서 먹기도 한다.

간다는, 희망에 뛰노는 즐거움을 품고 한 걸음, 두 걸음 나아갔다.

"오냐, 나는 기어코 성공해 가지고 돌아오리라."

막동이는 주먹을 부르쥐고 종종걸음을 쳤다. 들을 지나 큰 내를 건너 옥녀봉 고개를 올라서니 멀리 바다와 항구가 보인다. 벌써 이십 리 길이나 걸어왔다. 푸른 바다에는 흰 돛단배가 새처럼 기어간다. 물결은 햇빛에 웃으며 바람에 춤을 춘다. 막동이는 손을 벌려 그 넓은 바다를 가슴에 안을 듯이 하고

"아, 시원하다!"

하며 소리쳤다. 조그만 산골에서만 자라나다가 이렇게 넓은 천지를 바라볼 때 그 마음도 커지는 것 같았다.

"이렇게 세상은 넓은데 그 좁은 데서만 살았담."

막동이는 이상한 기운이 버쩍버쩍 나는 것 같으며 가슴이 넓어지는 것 같았다. 막동이는 오색이 영롱한 희망의 찬란한 무지개를 바라보며 나아갔다. 바닷가의 경치 좋은 절벽을 내려다보며 고개를 내려가니 장전 항구가 발 앞에 놓였다. 막동이는 이 사람, 저 사람에게 물어서 원산 가는 배를 탔다. 화륜선•이지마는 똑딱선••보다 조금 컸다.

동해의 푸른 바다, 바다에 수정을 세운 듯한 기이한 바위틈을 지나 배는 허허 바다로 들어섰다. 보이는 것은 하늘과 바

• 증기 기관의 동력으로 움직이는 증기선의 옛말
•• 발동기로 움직이는 작은 배. 통통배

다, 그 사이를 배는 베틀의 북처럼 빠져나가는 것이었다. 막동이는 갑판에 올라가서 기운차게 솟아오르는 물결을 바라보며 오래간만에 학교에서, 예배당에서 배운 노래를 하였다. 끝없이 널브러진 저편 바다를 내다보며 힘껏 노래하였다.

"그 학생 창가 잘한다."

하고 웬 사람이 옆에서 빙그레 웃으며 말하였다. 막동이는 창가를 좋아는 하지마는 잘하지는 못하였다. 학교에서도 창가는 병이요, 목소리도 곱지는 못하였다.

"어디까지 가니?"

"원산까지 가요."

"뭣 하러?"

"공부하러 가요. 원산 가서 서울로 갑니다."

"너 혼자?"

"네."

"흥, 기특하구나."

그 노인은 주머니에서 종이에 싼 과자 몇 조각을 꺼내어 주며

"나도 꼭 너만 한 손자가 있다. 그러나 그것은 응석받이로 아무 철이 없는데 너는 혼자 서울로 공부를 하러 가는구나."

하고 퍽 인자하게 말하였다. 막동이는 할아버지를 만난 듯 반가웠다. 배가 기우뚱할 때마다 노인은 현기증이 나는지 손으로 눈을 가렸다.

배는 원산 항구에 닿았다. 막동이는 내려서 원산 시가를

- 일제강점기 대표적인 증기선이었던 관부연락선(關釜連絡船).
  관부란 일본의 시모노세키(下關)와 부산을 말한다.

• 일제강점기의 원산시
• 일제강점기의 원산항

꿰뚫어 정거장으로 나갔다. 여기가 서울이 아닐까 하고 의심할 만치 원산은 큰 도회지였다. 막동이는 보이는 것, 들리는 것마다 신기하지 아니한 것이 없었다. 차 시간이 틀려서 그는 할 수 없이 정거장 앞에 있는 조그만 여관에서 자고 그이튿날 아침에 서울 가는 기차를 탔다. 기차도 처음 보고 타보기도 처음이다. 막동이는 얼떨떨하였다. 남의 눈치만 보고, 하는 대로 하였다. 기차가 움직여 달아날 때 막동이는 몹시도 기뻤다. 세상에는 이렇게 신기한 것이 많은데 촌에서 대체 뭘 안다고 떠드는 것인지 기막히게 생각되었다. 막동이는 넓고 이상한 세계로 들어와 두렵고 불안하면서도 한편 즐겁고도 기뻤다. 조선이 이러면 서양국은 어떠할꼬? 한번 세상 천하 구경을 다 해 보았으면 하는 생각도 하였다.

그날 저녁때 전깃불이 서울 장안에 진주 가루를 뿌린 듯 찬란하게 켜졌을 때 막동이는 경성역에 도착하였다. 막동이는 가슴이 뛰었다.

"아, 인제 서울 다 왔구나!"

막동이는 물밀듯 오가는 사람들 틈에 끼어 출구로 나와 휘황찬란한 서울을 바라보았다.

"여관에 들 테요?"

하고 한 사람이 와서 물었다.

"네, 제일 값싼 방 있어요?"

"있고말고. 자, 봇짐은 내가 들 테니."

하고 여관 하인은 봇짐을 뺏는다. 막동이는 큰일 난 듯이

봇짐을 꼭 쥐고

"안 돼요. 그건 내가 가지고 갈 테니."

"아따 그 학생, 의심은 퍽 많다."

하고 중얼거리며 앞서서 간다. 막동이는 그 뒤를 따라 들어갔다. 자동차, 전차, 사람, 전깃불, 이 모든 도회의 마물◆들이 시골에서는 활갯짓하던 막동이를 향해서 덤벼들었다. 막동이는 그것들을 노려보며 천천히 걸어갔다.

"학생, 서울이 처음인 게로군."

하고 여관 하인은 웃으며

"저게 남대문이야."

하고 손을 들어 가리켰다.

"문도 퍽 큰데 한 번 올라가 봤으면!"

"흥, 거길 올라갔다간 큰일 나게. 시골뜨기치고는 말은 크게 한다."

조그만 여관, 조그만 방으로 막동이는 들어갔다. 그렇게 훌륭한 서울에 시골집에 있는 방만도 못한 이런 데가 있나 하고 막동이는 방안을 휘휘 둘러보다가 전기등을 보고 신기한 듯이 가까이 가서 가만히 만져 보았다.

막동이는 저녁을 먹고 여관 보이와 함께 서울 거리를 한참이나 구경하였다. 어디가 어딘지 용궁에 들어온 것 같았다. 혼자 내버려지면 여관을 찾아가지 못할 것 같았다. 막동이의 머리는 터질 듯하였다. 한꺼번에 새 지식이 물밀듯 몰려

◆ 사람의 정신을 홀리는 요사스러운 물건

와 정신을 차릴 수가 없었다.

"저것을 어떻게 모두 배워서 알아 둔담."

하고 막동이는 한숨을 쉬었다. 막동이는 닥치는 대로 보이에게 물었더니 보이는 귀찮다는 듯이 어떤 것은 어물어물 대답하였다. 막동이는 모두가 모를 것이요, 그것을 얼른 다 알고 싶었다.

"이것보담 더 좋은 게 많으냐?"

하고 막동이는 물었다.

"흥, 이까짓 것 별별 좋은 데 다 많단다. 너 돈만 내라. 내구경 다 시켜 줄게."

"며칠이나 구경하면 다 하니?"

"뭐, 한 닷새 구경하면 다 하지."

"돈이 얼마나 드니?"

"대중 있나. 대관절 너 돈 얼마나 가지고 왔니?"

막동이는 얼마라고 대답하려다가 가만히 생각하니 의심이 나서

"돈은 다 쓰고 없단다, 밥값밖에."

하고 대답하였다. 보이는 이상한 눈으로 막동이를 훑어보더니

"거짓말!"

하고 흉하게 웃었다. 밤 깊어서 막동이는 여관에 돌아왔다. 자리에 누우니 곤하긴 하면서도 잠이 오지 아니하였다.

'장차 어떻게 할까?'

하는 걱정이 어린 막동이의 잠을 빼앗아 갔다.

그 이튿날 아침에 막동이는 일어나서 보니 해가 동편에서 뜨지 않고 서편에서 뜨는 것 같았다. 고향 시골에서 해가 뜨는 방향과 다른 것 같았다.

'이상하다. 웬일일까?'

하고 막동이는 한참이나 정신 차려 생각하다가 그 방향을 옳게 찾아 가지고

"그럼 그렇지. 서울이라고 서편에서 해가 뜰 리가 있다고."

하고 빙그레 웃으며 이상한 고동◆에서 물이 쏟아지는 것을 받아 가지고 세수를 하였다.

막동이는 아침을 먹고 보따리를 여관에 맡기고 혼자서 지향 없는 발길을 서울의 큰 거리로 내디뎠다. 막동이는 서울에 들어왔다. 키 작고 통통한 막동이가 아장아장 걸어간다. 그는 어디로 무엇을 하러 갈까?

◆ 문맥상 수도꼭지를 뜻한다. 고동이 '기계를 움직이게 하는 장치를 돌리다'라는 뜻의 관용구 '고동을 틀다'에서 비롯된 말인지는 확실히 알 수 없으나 본문에는 원문대로 표기했다.

19

막동이는 처음부터 입학하려고 하던 고등보통학교로 갔다. 가서 보니 입학원서 제출하는 날이 오늘 오전까지요, 오후부터 시험을 본다고 한다. 막동이는 입학원서를 제출하고 점심을 먹은 후에 학교로 다시 왔다. 백여 명 뽑는데 지원자는 팔백 명이 넘었다. 막동이는 도저히 입학될 것 같지 않다. 난다 긴다 하는 서울 학생들, 시골에서도 우등생들만 뽑혀 올라와서 시험을 치르는 서슬에 막동이 같은 보통 성적으로는 입학할 가망이 없어 보였다. 막동이는 시험장에 들어가서 정신을 바짝 차리고 시험을 보았다. 첫날은 산술 시험인데 더구나 산술은 어려웠다.

'입학시험에서 씨름이나 재주넘기나 달음박질하는 것을 본다면 일등으로 입학이 되겠는데.'

하고 막동이는 생각하였다. 산술 풀기에 어찌나 낑낑대었던지 땀이 뻘뻘 났고 이렇게 혼나 보기는 생전 처음이었다.

시험을 다 치르고 학교 문을 나서니 시원하였다. 그러나 산술 문제를 다 바로 맞은 것도 같고 다 모두 틀린 것도 같아서 궁금하였다. 입학이 되면 얼마나 기쁠지 만일 입학이 아니 되면 어떻게 할지 걱정스러웠다. 막동이가 고개를 푹 숙이고 가는데 앞에 웬 계집애가 천천히 걸어가고 있었다. 막동이는 문득 옥순이가 아닌가 하는 생각을 하고 그 옆으

로 가서 힐끗 돌아보니 과연 옥순이였다. 옥순이도 막동인
줄 알고 깜짝 놀라며

"애고머니나! 이게 웬일이야?"

하고 어쩔 줄을 몰랐다. 막동이는 멋없이 픽 웃으며

"왜? 나는 서울 못 오냐?"

하고 말한 뒤에 너무 어린 수작을 하였다고 생각하였다.
과연 막동이도 서울 올 줄은 몰랐고 옥순이도 막동이가 서
울로 공부하러 올 줄은 천만뜻밖이었다. 옥순이는 서울로
혼자 올라올 때 퍽 섭섭하였고 그동안 막동이가 무척 보고
싶었다. 그러다가 만나니 너무도 반가웠다. 막동이도 차차
옥순이를 만나게 될 줄은 알았지마는 이렇게 속히 만날 줄
은 몰랐다가 만나니 한없이 반가웠다. 그것은 서로 친한 동
무여서라기보다도, 어려서부터 한동네에서 놀던 동무여서
라기보다도 이 넓은 서울에서 시골에서 온 어린 학생들이
만나게 된다는 사실이 무엇보다 정답고 서로 의지가 되는
것 같았기 때문이다.

"그래, 언제 왔니?"

"어저께."

"어디서 잤니?"

"여관에서. 참, 너는 어디 있니?"

"나는 저 고모님 댁에 있단다."

"여기서 퍽 머냐?"

"응, 잘 모르겠어. 너 있는 여관은?"

"나도 어디가 어딘지 모르겠더라."

그들은 서로 쳐다보고 웃었다. 시골뜨기가 처음 서울 와서 길을 잘 모르는 것이 우스웠다. 그들은 나란히 걸어갔다. 옥순이는 생각난 듯이

"어느 학교에 입학했니?"

하고 물었다.

"지금 ×× 학교에 시험 보고 오는 길이다. 너는?"

"난 ×× 여자고등보통학교에 시험을 봤는데 지금 방 붙인 것을 보러 가는 길이다."

"응, 그래. 그 학교가 어디냐?"

"바로 저기."

"그럼 나도 같이 가 보자꾸나."

"아이, 그러다가 안 붙었으면 더 부끄럽게."

하고 옥순이는 얼굴을 미리 붉혔다.

"설마 너야."

하고 막동이는 웃었다.

그럭저럭 학교 문 앞까지 왔다. 문을 들어서니 운동장에는 방 붙인 것을 보러 온 학생과 학부형 여러 백 명이 들끓었다. 대부분이 여잔데 막동이는 그 틈에 끼기가 서먹서먹하였다. 아직 방이 붙지 않아 모두 애가 타서 여기저기 몰켜 서서 수군수군하였다. 운명을 좌우하는 선고가 이제 막 내려지려는 재판장과도 같이 엄숙하였다. 어떤 여학생들은 조마조마하여 근심스러운 얼굴로 풀이 죽어서 있고 어떤 여학생

• 경성여자고등보통학교
• 경성제2고등보통학교(현재 경복고등학교)

은 공연히 뽐내고 웃으며 마음을 가라앉히려고 하였다. 옥순이 얼굴도 풀칠한 것처럼 긴장하였다.

"방 붙인다!"

하는 소리가 들리자 종이에 시험 번호를 쓴 것을 가지고 선생이 운동장으로 내려오고, 하인이 풀 귀얄•과 풀을 가지고 섰다.

"너 시험 번호가 몇 번이냐?"

"저, 404호."

하고 옥순이는 가늘게 떨리는 목소리로 대답한 뒤에

"너는?"

하고 물었다.

"나는 808호란다."

"저런! 어쩌면 내 번호의 꼭 배야."

"참, 글쎄! 이상하지?"

그들은 힐끗 마주 쳐다보았다.

방을 벽에 붙이기 시작하였다. 여러 백 명 군중은 침을 소리 없이 삼키고 손에 땀을 쥐어짜며 죽은 듯 고요한 중에 오직 눈들만 쏘아서 보는 것이었다.

"붙었다!"

하고 어느 여학생이 옆에 선 동무의 어깨를 툭 치며 소리쳤다. 벌써 안 붙은 것을 알고 슬슬 뒷구멍으로 빠져나가는 학생도 있고 번연히 자기 번호가 나오지 않으니 낙제된 줄

• 풀이나 옻을 칠할 때 쓰는 솔의 하나로 주로 돼지털이나 말총을 넓적하게 묶어 만든다.

알지마는 남부끄러워 그대로 천연스럽게 서 있는 학생도 있고 또는 혹시 자기 번호가 어느 구석에 있겠지 하고 다시 찾아보는 학생도 있었다.

번호는 1호에서 300호까지 붙였고 이번에야 옥순이 번호가 나올 종잇조각을 붙이는 것이었다. 옥순이는 차마 볼 수 없어 두 손으로 눈을 가리고

"내 번호 좀 보라고."

하고 막동이에게 말하였다. 막동이도 이상스럽게 흥분이 되어 정신을 가다듬고 번호를 보아 내려가는데 반갑게도 404호가 뚜렷하게 나타났다.

"붙었다!"

하고 막동이가 운동장이 떠나가게 소리치는 바람에 모두 깜짝 놀라 막동이를 물끄러미 쳐다보았다. 옥순이는 두 손을 내리고

"어디, 어디! 정말이야?"

하고 눈을 희번덕거리며 방을 쳐다보았다. 그러나 너무 황겁해서 그 번호가 눈에 띄지 않았다. 옥순이는 얼굴이 새파랗게 질려서

"너, 너, 거짓말이구나. 나를 속이려고."

하며 울 듯이 말하였다. 막동이는 기가 막혀서 손가락으로 가리키며

"아니, 저기, 저기 404호가 안 보이니? 저것이 저렇게 잘 보이는데."

하고 소리를 쳤다. 옥순이는 다시 기운을 내어 자세히 쳐다보더니

"옳지, 옳지, 참말! 아이고 좋아라."

하고 두 손바닥을 마주치고 발을 동동 굴렀다. 옥순이 얼굴에는 갑자기 무지개 같은 환한 빛이 떠돌았다. 그 웃는 얼굴, 그 기뻐하는 얼굴은 천사와 같이 아름다웠다.

선생님의 말씀을 듣고 옥순이와 막동이는 학교에서 나왔다. 막동이는 웃으며

"인제 너는 중학생이고 나는 아직 소학생이로구나!"

하였다. 옥순이가 말하였다.

"뭘, 너도 곧 중학생이 될걸. 언제 방이 붙니? 그날 나도 가겠다."

"내일모레래! 정말 안 붙으면 어쩌게?"

하고 막동이는 새삼스럽게 은근히 걱정이 되었다. 만일 낙제를 하면 누구보다 옥순이 볼 낯이 없을 것 같았다.

막동이는 옥순이와 작별하고 여관으로 돌아와서 내일 시험 볼 것을 열심으로 공부하였다. 그 이튿날 시험을 보고 밤에는 잠을 못 자며 가슴을 졸였다. 내일은 정말 방이 붙는다. 막동이는 겨우 잠이 들어 자고서는 아침을 일찍 먹고 학교로 갔다. 어떻게 찾아왔는지 벌써 옥순이가 한편 구석에 서 있다가 달려오면서

"시험 잘 치렀니?"

하고 물었다. 옥순이는 벌써 중학생답게 양말, 구두, 저고

소영웅

리, 치마를 갖추고 저고리에는 ××여자고등보통학교의 표를 떡 붙였다. 막동이는 옥순이가 퍽 커진 것처럼 보였다.

"글쎄, 암만해도 떨어질 것 같다."

하고 막동이는 힘없이 대답하였다. 사람들이 운동장에 빽빽하게 들어섰다. 천여 명 군중이 웅성거리는 것이 무슨 죽을 판, 살판이나 난 것같이 보였다. 여기는 거지반 남자였다.

그렇게 장난꾼 학생들도 풀이 다 죽어서 어깨를 축 처뜨리고 고개를 숙이고 멍하니 있는 것이 불쌍하게까지 보였다. 꼭 도수장에 끌려온 소 같았다. 어떤 학생은 아침도 못 먹고 와서 시장한지 빵을 사서 풀밭에 앉아 먹으려고 하지마는 목이 메어 잘 먹지 못하는 눈치였다. 사랑하는 아들이 입학이 되었는지, 안 되었는지 기다리는 늙으신 부모님들의 얼굴도 가련하게 보였다. 만일 입학이 안 되면 그 늙으신 부모들은 얼마나 낙심하여 울면서 돌아갈꼬! 자식이 공부를 잘하는 것처럼 부모에게 기쁨을 주는 일은 없을 것이다.

갑자기 와하는 요란한 소리가 들린다. 방을 붙인다고 군중이 떠드는 소리였다. 방이 붙자 군중은 고요해지고 모두 바위처럼 우뚝 섰다. 막동이는 생전 처음 가슴이 몹시 두근거렸다.

'붙느냐? 떨어지느냐?' 하는 생각이 머리에서 쥐새끼처럼 들락날락해서 정신을 차릴 수가 없었다. 옥순이도 자기의 방이 붙은 것 못지않게 애를 쓰는 눈치였다.

1호에서 100호까지 붙어 내려가는데 벌써 그중에 입격된•

학생은 모자를 공중에 치켜올리며 뛰기도 하고 소학교 모자표를 뚝 떼어서 주머니에 넣는 학생도 있었다. 그리고 낙제한 학생은 울면서 돌아섰고 그 부모도 가슴이 꽉 막혀서 아무 말 없이 입맛을 다시며 울상이 되어 돌아서는 것이었다. 기쁨과 슬픔이 한데 어우러진 이 마당은 보기에도 어마어마한 광경이었다. 800호까지 붙어 내려가는 시간이 막동이와 옥순이에게는 한없이 오래된 것 같았다.

"808호!"

하고 옥순이는 소리치더니

"붙었다!"

하고 다시 막동이를 돌아보았다. 막동이는 어떻게 이 기쁜 것을 표현하여야 좋을지 몰라 그저

"응!"

하고 싱겁게 대답하였다.

"아이, 글쎄 얼마나 좋으냐? 우리 둘이 다 붙었으니!"

하고는 옥순이는 웬일인지 붉어진 얼굴을 옆으로 돌렸다.

"응!"

하고 막동이는 무턱대고 대답하였다. 잠깐 정신이 없어 옥순이가 무슨 말을 하는지 들리지 아니하였다.

◆ 시험에 뽑히게 된

막동이는 학교에 입학하여 공부는 하지마는 학비 때문에 몹시 고난을 당하였다. 집에서 매월 얼마씩 보내는 것은 월사금, 책값밖에 안 되고 밥값은 벌어서 쓸 수밖에 없었다. 양복은 다 떨어져 군데군데 기웠고 신은 다 해졌다. 막동이는 시골에서 비록 가난한 살림은 하였지마는 할머니 밑에서 옷 입고 밥 먹는 걱정을 해 본 적은 없었다. 그러던 것이 인제는 자기 손으로 벌어서 먹어야 하니 마음이 몹시 무거웠다. 월종•이 되어 밥값은 재촉하고 잔돈푼은 써야 할 텐데 수중에 돈 한 푼 없을 때는 기가 막혔다. 막동이는 할 수 없이 선생님에게 말하고 학교에서 노동을 하기로 하였다. 하학한 후에 두 시간이나 세 시간을 땅을 파는 것이었다. 그것은 학교 운동장을 늘리는 데 고학생을 위하여 시간마다 얼마씩 돈을 주고 일을 시키는 것이었다. 그러나 대개가 3, 4학년 큰 학생들이요, 1, 2학년 학생은 하나도 없었다. 노동하는 학생 중에는 막동이가 제일 적었다.

하학한 후에 막동이가 곡괭이와 삽을 들고 나오는 것을 큰 학생들이

"아니, 네까짓 것이 뭘 하겠다고 그러니."

하고 놀려 대었다. 사실 곡괭이는 막동이 키보다도 컸다.

• 그달의 끝 무렵. 월말

"어디 파 보아라. 곡괭이하고 씨름하는 꼴이나 구경하자."

막동이는 곡괭이를 들었다. 어지간히 무거워 번쩍 들기가 힘들었다. 그래도 독을 내어서 흙을 파 젖혔다.

"얘, 고거 보기와는 딴판이다. 땅딸본데."

하고 큰 학생들이 웃었다. 막동이는 한참을 하니 숨이 차고 땀이 물 흐르듯 하였다. 장난하고 달음질하는 것은 해 보았지마는 흙 파는 일은 생전 처음인 고로 힘이 들었다. 운동장에서는 학생들이 테니스도 하고, 풋볼도 차고, 베이스볼도 하고 쾌활하고 자유스럽게 희희낙락하는데 한옆에서 땅을 파고 있자니 마음이 그다지 좋지는 아니하였다.

"오냐. 그래도 나는 힘써 일을 해서 공부하여야 한다."

하고 막동이는 이를 악물고 부지런히 일을 하였다. 저녁 때 피곤한 다리를 끌고 여관으로 오면 배가 등가죽에 붙어 시장하였다. 밥 한 그릇이 왜 그렇게도 적은지 헤벌쭉한 사발에 살살 퍼서 주는 밥은 몇 숟갈이 못 되는 것 같았다. 저녁이 되면 헛헛증◆이 나서 견딜 수가 없었다. 배가 고프다는 것을 처음으로 맛보았다. 시골집에 있을 때는 밥이야 실컷 배부르게 먹었는데 서울 오니 밥도 한번 양껏 못 먹어 보는구나 하였다. 한 여관에 있는 다른 학생들은 돈푼 있는 집 자식이라 밤에는 호떡도 사다 먹고 빵도 사다 먹고 과일도 사다가 먹지마는 막동이는 그럴 수도 없이 빤빤히 앉아서 공부를 하는 것이었다.

◆ 배 속이 빈 듯한 느낌이나 그런 증세

팔과 다리가 끊어지는 듯 아프고 몹시 곤해서 졸리고 눈이 뻣뻣해서 공부하기가 어려웠다. 그래도 내일 숙제는 다 해 놓아야 되겠다고 생각하고 졸음이 오는 것을 참으려고 넓적다리를 꼬집으며 공부를 하였다.

학교에서 노동하는 것으로도 밥값이 모자랐다. 막동이는 생각다 못해서 하루는 주인마누라에게

"저, 암만해도 밥값이 늘 부족한데 댁에서 틈틈이 심부름이나 뭐나 해 드릴 테니 밥값을 얼마만 탕감해 주십시오."

하고 간청하였다.

"응, 그러냐. 그럼 그렇게 해 보아라."

하고 주인마누라가 선뜻 대답하였다.

막동이는 살아난 것처럼 기쁘고 주인이 몹시도 고마웠다. 그 이튿날부터 이 여관에서 잔심부름은 막동이가 다 하였다. 새벽부터 일어나서 그 시중을 하자면 학교에서 노동하는 것 못지않게 어려웠다. 새벽이면 여관 일을 하고 저녁때면 학교에서 일을 하고 저녁밥을 먹은 후에도 주인이 시키는 심부름을 하니 공부할 시간이라고는 밤중, 다른 학생이 단잠을 자는 때뿐이었다. 막동이는 잠깐 자는 때 외에는 한시◆, 반시◆◆ 쉬지 않고 일을 하는 것이었다. 다리 사이에서 바람이 나도록 돌아다니고 팔이 끊어지도록 일을 하며 온몸이 쉴 새 없이 노동을 하였다. 막동이는 철이 난 아이처럼 이

◆ 잠깐 동안
◆◆ 아주 짧은 시간

를 악물고 억척스럽게 하였다.

훌륭한 사람도 어려서는 다 고생을 하였다는 말을 들을 때 막동이는 더구나 어려운 것을 참고 이겼다.

그러나 이만한 고생도 막동이에게는 한때 단꿈이었다. 학교에서 노동하는 것도 인제는 운동장을 다 메워서 일이 없다고 하여 그것도 할 수 없게 되었다. 설상가상으로 그 후 며칠이 지나서 여관 주인은 서울에서 학생 기숙이나 해 가지고는 먹고살 수 없다고 여관을 통틀어 걷어 가지고 삼방 약수터에 가서 여관을 한다고 떠나가 버렸다. 막동이는 혼자 울었다. 기가 꽉 막히고 앞이 캄캄하였다. 거지가 되어 돌아다닐 수도 없고 그렇다고 하던 공부를 그만두고 시골집으로 갈 수도 없었다. 막동이의 어린 가슴은 총소리를 들은 참새 가슴처럼 울렁거렸다.

'아! 어떻게 하면 좋을까?'

학생 기숙하는 여관을 찾아다녀 보았으나 마침 빈방이 없다는 곳뿐이었다. 학생 기숙하는 데가 째어서도◆ 그러하지마는 막동이의 누더기 같은 옷을 보곤 밥값을 받지 못할까 봐 따는◆◆ 수작이었다. 또 어떤 곳에서는 밥값 한 달 치를 선셈을 하면 두겠다고 하였다. 그러나 막동이에게는 밥값 한 달 치는 그만두고 단돈 십 원이 없었다. 집에서 보낸 돈은 벌

◆ 일손이나 물건이 모자라서 쫓겨서도
◆◆ 찾아온 사람을 핑계를 대고 만나지 않으려는. 혹은 싫거나 미운 사람을 돌려내어 일에 관계되지 않게 하려는

써 다 쓰고 어찌할 도리가 없었다. 막동이는 종일 여관을 찾아다니다가 못 구하고 저녁도 못 먹고 거리를 헤매었다.

밤은 되었는데 잘 곳은 없고 참으로 기가 막혔다. 막동이는 할 수 없이 정거장으로 가서 대합실에서 밤을 새우는 수밖에 없다고 생각하였다. 그는 책을 가지고 대합실에 앉아서 북적거리는 사람들 틈에서 공부를 하였다. 그러나 배가 고파서 견딜 수가 없었다. 시진해서 누우니 잠이 들었다. 얼마나 잤는지 옆에서 소리를 지르며 깨우는 기척이 났다. 그것은 깊은 밤, 맨 나중 기차가 도착하고 떠난 후에 대합실에 수상한 사람이 있으면 내쫓고 문을 닫으려는 까닭이었다. 막동이는 할 수 없이 쫓겨 나와 새벽의 거리를 헤매면서 밤을 새웠다.

'아, 공연히 서울로 공부를 하러 왔구나. 인제라도 집으로 갈까? 아! 할머니와 아름다운 고향 산천이 그립다. 그러나 아니다. 끝까지 참고 견디어 보자!'

막동이는 주먹을 부르쥐고 굳게굳게 다시 결심하였다.

'굶어도 좋다. 거꾸러져도 좋다. 어떻게든지 공부를 하자!'

하고 막동이는 자기 마음과 단단히 약속하였다. 그러나 마음과 실지는 같지 아니하였다. 당장 눈앞에 닥치는 고생은 그 결심한 것을 약하게 하고 흔들었다.

어느 날 막동이는 궁둥이에 방울을 매달고 기운 있게 달음질치며 집집으로 신문을 던져 주는 배달부를 보고, 달음질 잘하는 자기가 그것을 해 보았으면 하는 생각이 갑자기

났다. 그래서 막동이는 하학을 하고 곧 어떤 신문사로 가서

"사장 영감 좀 뵙겠습니다."

하고 문지기한테 말하니, 성명은 무엇이고 무슨 일이냐고 묻는다.

"사장을 뵈어야 할 말씀입니다."

"무슨 말인지 하면 내가 가서 전해드릴 테니."

"사장을 뵙자는데 당신이 사장인가요?"

"그러면 말씀할 수 없소. 가시오."

막동이는 화가 버럭 나서 나왔다. 사람이 사람을 만나자는데 그렇게 어려울 것이 무엇인가 하고 다른 신문사로 가서 또 사장을 보자고 하니 누구냐, 무슨 일이냐 하여 다짜고짜 만나게 해 달라고 하니 문지기가 이상한 눈으로 흘기며 위층으로 올라갔다 내려와서

"지금 사장께서 대단히 바쁘셔서 면회하실 수 없다고 하오."

하고 횡 하니 다른 데로 가 버린다.

필경 이것도 따는 수작이로구나 생각하고 또 다른 신문사로 가서 이번에는 문지기한테 아무 말도 아니 하고 다짜고짜로 2층으로 가서 심부름을 하는 아이에게

"저 학교 일로 사장께 잠깐 말씀하려고 하는데요."

하니 그 아이는 교복 단추를 보고서 잠깐 기다리라고 한다.

'응, 옳지 되었구나. 만나서 말을 잘해야 할 텐데.'

한참 기다리니 그 아이가 나와서

"이리 오시오."

하고 한참 어디로인지 끌고 간다.

아이는 문을 열고 사장실로 안내하였다. 막동이가 썩 들어서니 사장이라는 이가 떡 앉아 있고 방은 으리으리하게 꾸며 놓았다. 막동이는 천천히 앞으로 가서 경례를 하였다.

"학교 일이라니, 무슨 일이오?"

하고 사장은 엄숙하게 말하였다.

"학교 일이 아니라 학생 일이올시다."

"그럼 왜 학교 일이라고 하였나?"

"학교 일이 학생 일이요, 학생 일이 학교 일이 아니오니까?"

"그럼 학생 일이라니 무슨 일인고?"

"바로 이 학생, 저의 일이올시다."

"그래서?"

"제가 학교에 다닐 수 없는 일이올시다."

"그건 왜? 학교에 무슨 나쁜 일이 있는가?"

"아니올시다. 학교는 좋은데 제가 돈이 없어서 못 다니겠습니다."

사장은 눈살을 찌푸렸다.

'고학생에게 속아서 면회를 하였구나. 재수 없다. 돈 몇십 원은 빼앗겼구나.'

라고 생각하고 냉정하게

"그러니 어쨌단 말인가?"

하고 서류를 들여다보았다.

"다름이 아니오라 공부를 하게 하여 주십시오."

"신문사는 신문하는 데지 학생 공부시키는 곳이 아니야."

하고 사장은 조금 크게 소리쳤다.

"신문은 누구를 위해서 하는 것입니까?"

"사회를 위해서, 사람을 위해서 하는 게지 뭐야?"

"그럼 공부하게 하는 것도 사람을 위해서 하는 것이 아닙니까?"

하고 막동이도 조금 크게 말하였다. 사장은 힐끗 막동이를 쳐다보았다. 어린아인데 말도 똑똑하게 하고 그 기상이 보통 아이와는 다르며 그 태도가 천진하고 썩썩한 데에 조금 감동되어 말하였다.

"그렇지만 신문사에서는 학생 공부까지 시키는 일을 할 돈이 없으니까."

"그럼 사장께서 시켜 주십시오."

사장은 주머니를 뒤적거려 십 원짜리 몇 장을 내놓으며

"나도 그런 여유가 없고. 자, 이것으로 연필이나 사 쓰시오."

하고 일어서려고 했다.

"연필은 있습니다."

하고 막동이는 딱 잘라 말하였다.

"그럼 공책을 사든지."

"공책도 있습니다."

사장은 웃음이 나오는 것을 참았다. 그러나 막동이는 조금도 웃지 아니하였다. 사실은 사실대로 정직하게 말할 뿐이었다.

"그럼 아무 데나 쓰란 말야. 나는 좀 바쁘니까."

"저는 조선의 학생으로 사장께 왔지 거지로 온 것이 아닙니다."

사장은 다시 막동이를 힐끗 쳐다보니 그 기세가 늠름하였다.

"그 학생, 말 잘하는군. 그럼 얼마나 주었으면 좋겠소?"

"매월 얼마씩은 있어야 되겠습니다."

"뭐? 그런 돈은 내게 없으니까."

"사장께서 돈이 없으시대야 말씀이 되세요? 요릿집 한 번만 아니 가시면 학생 하나 공부를 시키실 텐데요."

"그러나 그것도 다 신문사의 일이고 그렇게 공부를 시키자면 하나둘이 아니니까."

"그럼 사장께서는 학생 몇을 공부시키십니까?"

사장의 얼굴은 붉어졌다. 어린 학생의 말이지마는 가슴이 뜨끔하였다.

"응, 그럼 내가 공부시키지."

"사장, 아니올시다. 저는 사장이나 신문사에서 공으로 공부시켜 주기를 바라는 것이 아니라 신문 배달하는 일을 하면서 하려고 합니다."

"응? 신문 배달! 하하하! 어린 학생이 신문 배달을 어떻게 하나?"

"저 보통학교 다닐 때 경주에서는 늘 일등을 했습니다."

"그러나 이렇게 어린 사람을 배달부로 쓰는 법도 없고 어린 학생이 고생도 될 텐데!"

"고생은 하여도 좋습니다. 예전의 위인과 영웅도 어려서는 다 고생을 하였다고 합디다."

"응, 그야 그렇지. 그래."

사장은 막동이를 기특하게 여겼다. 막동이는 신문사 사장이고 무어고 세상에 무서운 사람이 없었다.

"배달부를 한번 시켜 보시면 잘할 테니 시켜 주십시오."

"하여간 그것은 내 맘대로 못 하고 영업국장이나 판매부장이 하는 일이니까."

"그럼 사장께서 말씀하셔도 그 사람들은 듣지 않습니까?"

"암, 그렇지."

"그럼 그런 사람은 내쫓아야 않겠습니까?"

사장은 또 웃었다.

"다 저 맡은 일이 각각 있으니까."

"그래도 사장께서 명령하시면 배달부 하나야 못 시키겠습니까? 그만한 권리도 없으시겠습니까? 뭐."

"아, 그 학생에게는 지겠군. 하여간 기특한 학생이야. 공부를 하려고 그렇게 열심이니. 하여간 내 말해서 시켜 주지. 아마 처음에는 배달부 밑에서 일을 하여야 할걸."

"아무거나 좋습니다. 공부만 하게 해 주십시오."

사장은 아래층으로 전화를 하였다. 즉각으로 막동이는 배달부가 되었다. 그처럼 어린 소년이 당당한 배달부가 되기는 신문사 생긴 이래 전무후무한 일이었다. 며칠 후 새벽부터 또 저녁때 경성 시내에는 난데없는 어린 소년이 신문사 이름을 박인 퍼런 겉옷을 입고 조그만 궁둥이에 방울을 달고는 비호처럼 달음질치며 신문을 집집으로 풀풀 던지는 것이었다.

21

2년 후다.

막동이는 점점 유명해졌다. 학교에서도 천여 명 학생 중 막동이를 모르는 학생이 없었다. 그 학생들은 막동이를 숭배하게 되었다. 막동이는 모든 학생 중에서 뛰어났다. 그가 하는 행동도 그러하거니와 웬일인지 막동이의 이상한 기운이 모든 사람을 꾹 눌렀다. 막동이 반에서도 막동이를 반장으로 추대하고 그의 말이라면 신임하였다. 선생님들까지도 막동이를 사랑하고 또 무서워하였다. 막동이가 하는 일은 모두가 특별하였기 때문이다. 또 그는 엄청나게 부지런하였다. 하루에 한시도 쉬지 않고 일을 하고 공부하였다. 학교 성적도 늘 우등이고 운동에도 선수였다. 그리고 학교 청년회 일이나 예배당의 일이나 무엇이나 발을 벗고 열심으로 하였다. 그래서 나이는 어리지마는 모든 일에 주장이 되고 지도자가 되었다. 그것은 자연히 그렇게 되는 것이었다. 다른 사람은 그런 일을 쓰레기처럼 내버리고 그다지 열심으로 덤비지 않지마는 막동이는 그런 공공한 일이라면 하나도 빼지 않고, 남이 내버리는 쓰레기 같은 것이라도 꼭꼭 주워 담아 자기 일처럼 여겼다. 세상에 하고 남은 일, 쓰레기처럼 내버린 그 일을 막동이는 주워서 모으는 재미를 가졌다. 그래서 막동이는 쓰레기 같은 일을 모아서 부자가 된 셈이었다.

그러므로 다른 학생은 무슨 일에나 서투르고 그 내용을 모르지마는 막동이는 잘 아는 고로 무슨 일이 생기면 막동이에게 묻고 그 일을 그에게 맡기는 수밖에 없었다.

심지어 학교 하인들도 막동이한테 신세를 많이 졌다. 학생들이 하학한 후에 하인들이 소제를 하려면 몹시 바쁘고도 어려웠다. 막동이는 얼른 덤벼들어 도와주었다. 하인들은 눈에 띄는 데는 잘 소제하지마는 변소는 잘 닦지 못하였다. 막동이는 틈틈이 남모르는 사이에 변소를 깨끗이 하였다. 선생님이 늘 변소에 종잇조각을 내버리지 말고 글씨를 쓰지 말라고 하지마는 언제 어느 학생이 그러는지 날마다 종잇조각들이 널브러지고 변소에는 고약한 그림과 글씨가 많았다. 막동이는 꼭 그 종이를 주워서 버리고 나쁜 글씨와 그림은 물수건을 가지고 가서 닦았다. 아무리 비밀히 하는 일이지마는 막동이가 이런 일을 하는 것을 한 학생, 두 학생이 차차 알게 되고 점점 더 많은 학생이 알게 되었다. 그 뒤부터는 변소에 종이를 함부로 내버리거나 글씨나 그림을 그리는 일이 딱 끊어지고 변소는 늘 깨끗하게 되었다.

이런 일이 한두 가지가 아니었다. 그리고 막동이는 고학을 하지마는 꼭꼭 매월 저금을 하였다. 아무리 어려운 일이 있어도 저금한 것은 절대로 찾아 쓰지 아니하였다. 그리고 몹시 검소하였다. 다른 학생은 모양을 내고 돈을 함부로 쓰지마는 막동이는 일전 한 푼을 쓸데없이 쓰는 법이 없고 모양을 내는 일이 없었다. 그래서 모양내고 건방지게 구는 학생들도 막동이를 보면 고개가 수그러지는 것이었다. 선생님까지도 막동이를 무서워하게 되었다. 그리고 그 어려운 중에 돈푼이 생기면 자기보다 더 어려운 고학생을 도와주는 것이었다. 그 천여 명 학생 중에 고학으로 어렵게 지내는 사정을 학생도 모르고, 선생도 모르지마는 막동이는 다 알고 조사하여서 그런 학생을 직접 도와도 주고 어떻게든지 자기 힘으로 남에게 말하여서 도움을 받게도 하였다.

그래서 어린 막동이가 상급 학생을 제치고 학생 청년회 부회장이 되었다. 이것은 전무후무한 일이었다. 그가 연단에 올라서서 웅변을 토하면 모든 사람들은 감복하지 않을 수 없었다. 그것은 말을 잘한다기보다 열성이 있고 이상한 인격의 힘이 있는 까닭이었다.

하루는 막동이가 저녁을 먹고 운동화가 다 해어져서 하나 사려고 거리에 나갔다. 전깃불이 희미한 골목을 지나는데 앞에 무엇이 번쩍하였다. 막동이가 얼른 가까이 가서 보니 그것은 까만 가죽가방이었다.

"누가 떨어뜨렸구나."

하고 집었다. 가방을 열어 보고 막동이는 깜짝 놀랐다. 거기에는 지전 뭉치가 있는 것이었다. 자세히는 알 수 없어도 여러 천 원, 아니 그보다도 여러 만 원이 될지도 몰랐다.

"아이, 돈도 참 많다. 이걸 누가 떨어뜨렸나?"

하고 가방을 닫았다.

'이것만 가지면 고학도 아니 하고 공부를 맘대로 할 수 있겠다. 아마 대학교까지는 할 수 있겠지……. 그러나 안 된다. 이것은 내 돈이 아니다. 이것을 가지면 잘못이다.'

그는 파출소를 향하여 달음질을 쳤다.

'그러나 이 돈은 하늘이 내게 보낸 돈이다. 공부하라고……. 그런데 어리석게 주인을 찾아 줄 필요가 있을까?'

하는 생각이 불쑥 들었다.

'아니다, 이 불의의 돈으로 내가 공부를 하는 것보다는 내 힘으로 하는 것이 옳다.'

막동이는 딱 결심하고 파출소에 돈 가방을 갖다가 주고 주인을 찾아 주라고 하였다. 파출소에서도 깜짝 놀라고는 막동이의 주소, 성명을 적고 가라고 하였다.

그 이튿날 막동이가 학교에서 나와 하숙에 다다르니 웬 자동차가 문 앞에 와 있었다. 막동이는 이상스럽게 생각하고 들어가니 주인마누라가

"아이고, 저 학생 지금 옵니다."

하고 반색을 하였다. 거기에는 보기에도 부자 같은 웬 점잖은 신사가 서서

"당신이 막동 씨요?"

하고 물었다.

"네, 그렇습니다."

"나는 요전에 돈을 잃어버린 사람이오. 학생이 찾아 주어서 대단히 고맙소. 잠깐 우리 집으로 갑시다."

"왜요?"

"글쎄, 가서 할 말이 있으니……. 자동차도 밖에서 기다리고. 자, 어서."

막동이는 영문도 모르고 그와 함께 자동차를 탔다. 얼마를 가더니 어떤 커다란 집 앞에 자동차는 멈추었다.

신사는 막동이를 데리고 집으로 들어갔다. 집은 대궐처럼 컸다. 신사는 사랑방으로 가지 않고 안으로 들어갔다. 안에 들어가니 식구가 벅적벅적 끓었다. 신사는 안방으로 막동이를 데리고 들어갔다.

"거기 앉으시오."

하고 신사가 아랫목에 앉으며 말하였다.

막동이는 으리으리한 방을 휘 돌아보며 앉았다. 집안 식구들이 쭉 둘러서서 무슨 구경이나 난 것처럼 막동이를 노려보았다.

"학생, 고향이 어디요?"

"강원도올시다."

"그 돈을 어디서 주웠소?"

"○○동 골목에서 주웠습니다."

"몇 시쯤 해서?"

"밤 아홉 시에요."

"그런데 보아하니 고학생인데 그 돈으로 공부할 생각이 나지 않았소?"

"처음에는 그런 생각도 했지마는 그것이 나쁜 일인 고로 그만두었습니다."

- 조선은행(현재 한국은행)
- 조선은행에서 발행한 5원권, 10원권, 100원권(위에서부터 시계 반대 방향)

"허, 기특한 학생이로군. 다른 게 아니라 그 가방에는 돈도 몇만 원 들었지마는 중요 서류를 비롯한 여러 가지가 많이 들어 있어서 그것을 잃어버리면 우리 집에서는 큰일 날 뻔하였소. 학생은 우리의 은인이오."

"그런데 그렇게 중대한 것을 왜 떨어뜨렸습니까?"

"학생에게 책망 들어 싸오. 그만 내가 술이 취해서 자동차를 타고 오다가 어느 서슬에 아마 문이 열려 그렇게 된 모양이오."

"네, 술이란 나쁜 물건입니다. 다음부터 다시는 잡수지 마십시오."

"하하하, 학생이 그렇게 말하면 안 먹지. 그런데 하여간 학생의 은혜를 갚아야 할 텐데."

"은혜될 것이 없습니다. 마땅히 할 일을 하였는데 무슨 은혜가 됩니까?"

"하, 그 학생 점점 말하는 것이 기특하군. 여보, 저녁상이나 어서 차리오."

하고 주인은 그의 부인인 듯한 이에게 말하였다. 그 부인은 또 하인에게 명령하였다. 삽시간에 요리상 같은 저녁상이 들어왔다. 막동이는 이런 집도 처음이지마는 이런 음식을 먹기도 처음이었다.

저녁을 먹은 후에 신사는

"학생! 돈을 몇천 원 줄까? 그러지 않으면 매월 얼마씩 학비를 대어 줄까?"

하고 의논하듯 말하였다.

"고맙습니다. 그러나 저는 일을 않고 돈을 받지는 아니합니다."

"왜?"

"그러면 제 마음이 편하지 않고 그렇게 해서 성공하면 재미가 없고 가치가 없습니다. 또 그런 돈으로 공부하면 성공도 못 합니다."

"여보 마누라, 이 학생 하는 말 들었소? 어쩌면 어린 학생이 그런 말을 다하오. 참 세상에 드문 소년이로군. 그러면 학생, 어떻게 했으면 좋겠소?"

"뭐 그렇게 염려하실 것 없습니다."

"그럼 좋은 수가 있군. 옳지, 학생, 우리 집에 아주 있소. 내가 대학교까지라도 공부를 시킬 테니……."

"고맙습니다. 그럼 댁에서 제가 일할 것이 있습니까?"

"하, 일은 아니 해도 좋으니."

"아니올시다. 일을 아니 하면 싫습니다."

"원, 참 기특도 하거든. 그럼 일을 하든지. 그러나 어린 학생이 일을 한들 얼마나 하겠소?"

"제 손이 닿으면 세상에 못 하는 일이 없습니다. 시켜 보십시오."

"그럼 아주 오늘 저녁부터라도 우리 집에 있소. 저 사랑방은 늘 비어 있으니 아주 주인처럼 있어도 좋고 이 안에도 방이 많으니 맘대로 골라서 있도록 하오. 짐은 곧 자동차로 가져오고……."

그날부터 막동이는 이 집에 와서 있게 되었다.

22

막동이가 그 부잣집에서 자고 그 이튿날 아침 일찍이 일어나서 후원을 쓸려고 나갔다. 막동이는 아침 일찍이 일어나는 것이 제일 취미스러웠다. 다른 사람이 다 자는 아침에 일어나서 다른 사람이 아직 마시지 못한 신선한 새벽 공기를 혼자 실컷 마시는 것이 퍽 맛이 있었다. 그리고 빗자루를 들고 너저분한 데를 깨끗이 쓰는 것도 퍽 재미있었다.

이렇게 새벽에 일어나면 정신이 번쩍 드는 것이었다. 일을 하고 찬물로 세수를 하고는 공부를 하면 공부도 잘되는 것이었다. 막동이가 마당을 쓰는 것을 보고 주인 영감은 몹시 칭찬하였다.

"아침은 안에 들어와서 먹어라."

하고 주인 영감은 막동이가 귀여워서 친절하게 말하였다. 막동이는 사랑 건넌방에서 잤는데 이 방 앞에는 묘하게 꾸민 정원이 있었다. 넓은 정원에는 가지각색 나무들이 산처럼 심겨 있고 그 사이에는 연못이 있어 금붕어가 놀았고 여러 가지 화초가 아름답게 피어 있었다. 동편에서 붉은 해가 솟아 나와 이 아름다운 정원을 곱게 물들여 주었다. 새들도 즐겁게 노래하였다. 막동이는 한참이나 공부를 하다가 조반을 먹으러 안으로 들어가서 주인마누라에게 인사를 하였다. 그러자

"잘 잤니? 오늘부터는 우리 집 식구다."

하고 주인마누라가 정답게 말하였다.

막동이가 안방으로 들어가려고 하니 안방에서 웬 색시가 깜짝 놀라 뛰어나와 건넌방으로 가려고 하였다. 막동이와 색시는 언뜻 눈이 마주쳤다.

"옥순이!"

"막동이!"

그들은 서로 부르짖으며 딱 마주 섰다. 너무도 뜻밖이요, 몹시도 반가웠다. 이 광경을 보고 주인 내외도 놀라 물었다.

"아니, 너희들은 전부터 알았느냐?"

이 집은 옥순이가 와서 있다는 고모의 집이었던 것이다. 옥순이는 고모와 고모부에게 막동이 이야기를 다 하여 주었다. 막동이도 이 집이 옥순이 고모의 집이라는 것을 알자 더욱 반가웠다. 그리고 옥순이도 여간 기뻐하지 아니하였다. 옥순이 고모와 고모부는 더구나 막동이를 귀애하고♦

"우리는 아들도 없고 딸도 없는데 너희들이 우리 집 주인이다."

하고 몹시 즐거워하였다.

막동이와 옥순이가 한집에 있게 된 것은 이상한 인연이었다. 그들은 한없이 좋아하였다. 막동이와 옥순이는 학교 가는 길을 함께하였다. 나란히 서서 학교를 가면서 옥순이가 말하였다.

♦ 귀엽게 여겨 사랑하고

"참 이상해! 어쩌면 나 있는 집에 와서 있게 되었을까?"

"그러게 말아. 참말 우스워."

"저 고모님과 고모부님이 어제저녁에 내가 어디 갔다가 오니까 돈 잃어버렸던 이야기, 웬 학생이 주워 돌려주었다는 이야기, 오늘 저녁부터 우리 집에 와서 있게 되었다는 이야기, 그 학생이 얼마나 똑똑하고 얌전한지 아들을 삼아 이 집을 다 맡기겠다는 이야기를 아주 좋아서 하셨지. 그래 누군가 했더니 글쎄……."

"그런데 참 노인네들이 사람이 퍽 좋아."

"좋고말고. 아주 착하시지. 그리고 여간 큰 부자가 아니란다."

남녀 학생들은 물밀듯 서울의 거리를 오가는 것이었다. 서울의 아침은 남녀 학생들로 꽃밭처럼 꾸며졌다. 서울의 길거리는 아름다운 그들로 수놓였다. 장래의 훌륭한 사람들이 될 그들은 웃으며 씩씩하게 걸어가는 것이었다. 막동이와 옥순이도 그들 사이에 섞여서 활발하게 걸었다.

어느 깊은 가을날 밤이었다. 달은 몹시도 밝고 벌레 소리 요란한 밤이었다. 오늘 밤에는 소년소녀현상동화동요대회(少年少女懸賞童話童謠大會)가 있었다. 넓은 강당에는 천여 명 소년 소녀가 가득하였다.

꼭 꽃밭과 같았다. 그들의 얼굴도 붉고 옷도 찬란하였다. 그들 사이에 머리가 허연 늙은이도 섞여 있었다. 저고리에 꽃을 꽂고 나비처럼 돌아다니며 손님을 안내하는 소녀들도 있고 프로그램을 나누어 주는 소년들도 있었다. 모두 흥이 나서 야단이었다.

시간이 되니 동화와 동요를 심판할 선생님들이 죽 앞에 앉았다. 오늘 출연하는 연사와 악사들은 모두 소년과 소녀들이었다. 그 연사와 악사 중에 막동이와 옥순이도 뽑혔다. 막동이는 동화를 이야기하게 되고 옥순이는 동요를 노래하게 되었다. 동화를 할 연사가 십여 명이요, 동요를 할 악사가 십여 명이었다.

시간이 되어 처음에 사회하는 이가 인사를 하고 어떤 소녀가 나와서 동요를 노래하였다. 천여 명 어린이들은 그 조그만 손이 붉어지도록 손뼉을 쳤다. 그다음에는 또 동화를 하였다. 한 번은 동요, 한 번은 동화 이렇게 순서가 진행될 때 별별 동요와 재미있는 동화를 구경 온 어린이들은 별 같은 눈을 깜빡거리며 재미있게 들었다.

옥순이가 노래할 차례가 왔다. 옥순이는 아래위로 연분홍 옷을 입고서 환한 전깃불 아래 나와 서니 선녀처럼 아름다웠다. 피아노에 맞추어 〈벌레 소리〉라는 동요를 불렀다. 이 노래는 여러 가지 벌레가 우는 소리를 따라서 만든 것인데 하기가 몹시 어려웠지마는 옥순이는 잘하였다. 소년 소녀들은 죽은 듯 고요하게 옥순이의 노래를 들었다. 가을 달밤에 정말 벌레가 노래하는 것 같았다.

"잘하지!"

"어쩌면 저렇게 잘할까?"

모두들 칭찬하였고 옥순이가 노래를 그치니 우레 같은 손뼉 소리가 장내에 진동하였다. 옥순이의 자태가 사라지자 모두 미친 듯 손뼉을 치면서 다시 한 번 나와서 하라고 야단이었다.

사회자가 나오더니

"미안합니다마는 아까도 설명한 거와 마찬가지로 오늘은 두 번씩 하는 법은 없습니다."

하고 말하니 일동은 웃으면서도 손뼉을 쳤다.

"아마 오늘 동요에서는 그 소녀가 일등이 될 거야."

하고 수군거렸다.

인제는 밤도 깊었고 아무리 재미있는 동요, 동화도 많이 들어 어린이들 중에는 피곤한지 하품을 하고 조는 이도 있었다. 연사와 악사가 너무 많아 지루하기도 하였다. 인제 동요 하나가 끝나고 맨 마지막 동화만 남았다.

"아이, 인제는 그만했으면 좋겠네."

하는 사람도 있었다.

맨 나중 동화는 막동이의 차례였다. 막동이는 뚜벅뚜벅 활기 있게 나와서 절을 꾸벅하였다. 그리고 소리를 빽 질러

"옛날에도 그 옛날!"

하였다. 일동은 그만 깜짝 놀라 깔깔 웃었다. 맨 처음 마디에 막동이가 너무 소리를 지른 까닭이었다. 그러더니 막동이는 또 갑자기 소리를 낮추어 가만히 이야기를 시작하였다. 중간중간 소리를 높여, 혹은 소리를 낮추어 찬란한 비

단을 짜듯 이야기를 재미있게 하였다. 지루해서 하품을 하고 졸던 군중은 정신을 바짝 차리고 막동이의 입만 쳐다보았다. 막동이의 이야기에 소년 소녀들은 혹은 웃고, 혹은 울었다. 막동이의 이야기는 「용감한 소년」이란 서양 동화인데 그 주인공인 소년이 지금 동화를 들려주는 바로 저 소년이 아닌가 할 만치 막동이의 이야기는 활발하고도 힘이 있고 듣는 사람을 감동시켰다.

"난 동화를 저렇게 잘하는 이를 첨 본다."

"나도. 어른이 하는 것보다 낫다."

"아이, 목소리는 어떻게 그렇게 우렁찰까? 꼭 호랑이 같아."

"아이, 저 눈 좀 봐. 여간 반짝거리는 게 아니야."

"조그만 소년이 저 주먹을 부르쥐고 말하는 것 좀 봐. 기가 막혀."

"암만해도 일등인데. 제일 잘했어."

막동이의 동화가 끝나자 어린이들은 손뼉이 깨어져라 쳤다. 그리고 와하며 소리치기도 하였다. 어떤 소년은 주먹을 부르쥐고

'나도 용감한 소년이 되겠다.'

하고 속으로 부르짖었다. 심판하는 선생님들이 잠깐 회의를 하는 동안에는 어떤 노래 잘하는 선생님이 나와서 여흥으로 독창을 하였다. 조금 후에 심판 회의가 끝나고 심판 대표자가 나와서 결과를 발표하기 시작하였다. 일동은 꼼짝 안 하고 긴장해서 심판 결과를 들었다. '누가 일등일까?',

'내가 생각한 것과 같을까?' 하며 흥미롭게 심판하는 것을 들었다. 심판하는 사람은 먼저 동요와 동화라는 것이 무엇 인지 잠깐 설명하고 나서

"이 여러 가지 점을 보아서 오늘 동요에 일등은 김옥순, 동화에 일등은 최막동, 이등은…… 삼등은……."

하고 심판을 끝냈다. 군중은 손뼉을 요란하게 쳤다. 옥순 이와 막동이는 나가서 일등상을 받았다. 일동은 다시 손뼉 을 쳤다.

옥순이 고모와 고모부는 너무 기뻐서 어쩔 줄을 몰랐다. 자동차를 불러서 옥순이와 막동이를 태우고 노인들도 탔 다. 구경꾼들은 자동차를 둘러싸고 들여다보며

"아마 남매인가 보다?"

"이상도 하지?"

"둘이 아주 혼인했으면."

하고 중얼거리는 사람도 있었다.

마지막

눈이 펑펑 쏟아지는 크리스마스 날 새벽이다.

"기쁘다 구주 오셨네."

하는 새벽 찬양대의 합창과 구세군의 유창한 군악대 소리가 고요히 잠든 서울 장안을 울리고 다녔다. 종현• 천주교당 뾰족집에서는 성찬을 축하하려고 전깃불을 꽃처럼 매달아 어두운 서울을 환히 비추었다. 펄펄 날리는 흰 눈조차 하늘에서 내려오는 천사인 듯 춤을 추었다. 세상에서 가장 귀한 예수님이 나신 것을 만백성이 축하하는 것이었다. 집집마다 불을 켜고 새벽 찬양대가 오면 손뼉을 쳐서 환영하기도 하고 따뜻한 물과 먹을 것을 대접하기도 하였다.

이렇게 전 세계 어느 나라에서나 어느 산골에서나 오늘은 모두 기뻐하고 노래하며 성탄을 축하하였다. 어린이부터 늙은이까지 부자나 가난한 이나 다 함께 축하하였다. 아마 하늘에서는 더 굉장할 것이지마는 너무도 멀어서 그런지 눈이 와서 그런지 그 아름다운 음악 소리가 들리지 아니하였다. 하늘과 땅 어디든 이 새벽에는 다 함께 예수님의 탄생을 축하하는 것이었다.

• 서울 중구 명동길 74(명동2가) 명동성당 앞 고갯길로서 정유재란 때 명나라 장수 양호(楊鎬)가 이곳에 진을 치고 남대문에 있던 종을 갖다가 달았던 데서 비롯한 지명. 북고개 또는 북달재라고도 한다.

막동이도, 옥순이도 이 새벽 찬양대에 섞여 눈길을 밟으며 이 집, 저 집 문 앞에 가서 그 조그마한 입을 열고 노래를 하였다. 노래를 부를 때 그 집에서 노래에 깨어 구주성탄일인 줄 알게 되는 것이 여간 반갑고 좋은 일이 아니었다. 그러나 노래를 하여도 잠만 썩썩 자고 모르는 체하면 싱겁기가 한량없고 그런 집은 복을 못 받을 것 같았다.

막동이와 옥순이는 새벽 찬양대로 돌아다니다가 집에 와서 아침을 먹고 나가서 옥순이 고모부가 준 돈 삼백 원으로 이것저것을 많이 샀다. 그것은 막동이가 오늘은 구제하는 것이 좋으니 돈을 내라고 하여서 낸 것이었다. 그 삼백 원 외에도 막동이는 저금하였던 돈을 찾아 합치고 또 옥순이도 그렇게 하여 돈이 꽤 되고 산 물건도 꽤 많아 한꺼번에는 들고 다닐 수가 없을 정도였다. 옥순이와 막동이는 병원에 가서 입원한 어린이들에게 선물을 주고 또 고아원 아이들에게도 주었다. 막동이와 옥순이는 마음이 기뻤다. 막동이는 눈을 맞으며 걸어가다가 옥순이에게

"우리 이번 한 번만 이렇게 할 게 아니라 해마다 꼭꼭 하여. 응? 우리가 이담 늙어 죽을 때까지 크리스마스가 되면 꼭꼭 얼마든지 저금했다가 구제하잔 말야. 부자가 되면 많이 하고 가난하면 조금 하고."

하고 말하였다. 옥순이도 반가운 듯

"그래, 참 꼭 그렇게 하면 얼마나 좋을까? 죽을 때까지 해마다 한 번도 빠지지 말고 말이지. 그런 사람은 세상에 없을

• 명동성당

거야."

"그럼 정월 초하루부터 아주 그렇게 할 작정으로 일전 한 푼씩이라도 저금을 해 둔단 말야. 그 돈은 세상없어도 쓰지 말고."

"그래. 우리 그럼 누가 한 번도 빠지지 않고 하나 내기를 할까?"

하고 그만 옥순이는 어린 장난이 나와 버렸다.

"내기? 글쎄, 해도 좋지만 우리가 따로 살면 누가 하는지 않는지 아나?"

"그야 뭐 누가 속이나? 그때는 편지하지. 참 지금처럼 늘 한곳에 살면 다 알 텐데."

"한곳에 늘 살 수 있나?"

"뭘, 늘 한곳에 살도록 하지."

그들은 거기까지 이야기하다가 문득 서로 부끄러운 듯 말을 하지 못하였다. 한곳에 늘 함께 살 수 있는 법은 혼인하는 것밖에 없다는 것을 깨달은 까닭이다.

그러나 벌써 옥순이 아버지와 고모부가 속으로 막동이와 옥순이가 장차 크면 혼인시키자고 약속한 것을 그들은 아직 모르고 있는 것이었다. 또 옥순이 고모부가 죽으면 재산을 전부 막동이에게 주기로 한 것도 아직 모르고 있었다.

그 겨울이 지나고 봄이 다시 왔다. 얼음을 입에 물고 침묵하였던 산골짜기에도 졸졸 물이 흐르며 노래하고 땅속에 파묻혀 깊이 잠들었던 풀들도 파릇파릇 고개를 쑥 내밀고 나오는 것이었다. 산과 들 어디나 땅 위에는 초목, 금수 할 것 없이 오색찬란한 옷을 입고 나와서 봄을 장식하는 것이었다. 즐거운 봄, 기운찬 봄, 아름다운 봄이다. 봄이 세상에 없었던들 얼마나 쓸쓸하고 재미없을 것인가.

봄과 어린이는 똑같다. 어린이는 나비 같고 꽃 같고 사람의 봄은 꼭 어린이다. 그러하매 어린이는 아름답고 즐겁고 희망이 많다. 막동이는 봄이 되니 더욱 기운이 나서 큰 활동을 하고 싶은 열렬한 마음이 용솟음쳤다. 막동이는 웬일인지 좁은 조선에 있기가 갑갑한 것 같았다. 넓은 세상, 이상한 세계를 한번 휘돌아 오고 싶었다. 그래서 많이 보고 많이 배워 가지고 와서 그것을 조선 사람에게 가르치고 싶었다. 막동이가 미국이나 독일이나 영국을 가겠다고 그러니 모두

"너 같은 어린 게 벌써 서양을 가서 뭐 하니? 중학이나 졸업하고 가든지 해라."

하고 비웃었다. 막동이는 그래서 더욱 버썩◆ 가려고 하였다. 남이 아니라는 것을 해 보겠다고 생각하였다. 이 말을 학교 교장인 서양 사람에게 하니

"그렇게 심히 원하면 이번에 나 미국 갈 때 데리고 갈 수 있소마는 내 생각에는 중학 졸업하고, 전문◆◆ 졸업하고 가는 것이 마땅하오."

◆ '바싹'의 방언. 무슨 일을 거침새 없이 빨리 마무르는 모양
◆◆ 일제강점기의 고등교육기관인 전문학교. 고등보통학교 졸업생을 입학 대상으로 했다.

하고 말하였다.

"아니올시다. 지금부터 가 보겠습니다."

"그럼 맘대로 하시오마는 잘 생각하는 것이 매우 합당할 듯하오."

하고 친절하게 말하였다. 이 말을 옥순이에게 하니 옥순이도 반대를 하고 섭섭하게 생각하였다. 또 옥순이 고모와 고모부에게 말하니

"안 된다. 글쎄 어린 게 어디를 가니?"

하고 반대하였다.

"저는 어려서부터 가려고 했어요. 안 보내 주시면 상해로 가서 여행권 없이 가겠어요. 그전에도 그렇게 하려고 했는데요. 도망해서 가려다가 서울로 왔는데요."

"글쎄 네가 정히 가겠다면야 보내는 주겠지마는. 하여튼 다니는 학교나 마치고 가야 하지 않니?"

"너무 고집하는 것 같습니다마는 저는 한번 맘먹으면 그대로 해야 합니다. 마침 학교 교장이 귀국하는데, 따라간다고 했어요."

"글쎄, 좀 생각해 보마. 너도 잘 생각해 봐라."

막동이는 날마다 미국 갈 생각만 하였다. 가서 무슨 공부를 하고 세계를 한번 돌아서 오리라 하는 것은 날마다 궁리하기에 겨를이 없었다.

"응! 영웅이 되려면 한번 넓은 세상을 보고 와야지. 뭐 내가 가면 세계에서 제일 좋은 것은 다 배워 가지고 와서 조선

에 퍼뜨릴걸!"

하고 막동이는 굳게굳게 결심하였다. 시골에 있는 할머니도 반대할 터이고, 또 다 늙어 언제 돌아가실지 모르는 할머니를 생각하면 맘 상하지마는 그것은 작은 일이니 큰일을 위해서는 희생할 수밖에 없고 또 옥순이를 두고 가려니 섭섭하고 떠나기가 어려우며 옥순이가 가엾지마는 그것도 용기 있게 끊고 가야 한다. 그밖에 옥순이 고모부도 사랑하고 모든 것을 넉넉하게 해 주니 그대로 있으면 호강할 터이지마는 세계 각국으로 돌아다니며 모험도 하고 고생도 하고 고학도 하여야 훌륭한 사람이 될 것이다. 한대지방, 열대지방, 문명국, 야만국 어디나 다 돌아다녀 보리라. 중학 마치고 장가들고 전문학교 다니고 회사에 들어가고 어쩌고 하면 그뿐이다. 편하고 좋기는 하지마는 다 딱 끊고 가야 한다. 조금 더 있고 조금 더 나이를 먹으면 붙잡히고 마음이 식어질 테니 지금 떠나야 한다.

막동이의 결심은 날이 갈수록 무쇠처럼 단단해져서 여러 사람이 깨뜨리려고 하여도 도무지 깨어지지 아니하였다.

봄이 한창 무르익은 4월 초순 어느 날이었다. 서울 정거장에는 막동이가 미국 유학을 떠난다고 전별 나온 사람이 어지간히 많았다. 한 소년을 위해서 이만치 많이 나오기도 드문 일이었다. 학교 선생님과 학생, 주일학교 학생과 선생님, 그밖에 신문 배달부, 우유 배달부 별별 사람이 많았다. 막동이 할머니도 서울 구경 겸 유돌이와 이쁜이를 데리고 오고

옥순이 아버지 군수도 장래 사위를 위해서 오고 옥순이 고
모부와 고모도 왔다.

(끝)

식민지 소년의 낭만과 현실
– 방인근의『소영웅』단상

유 석 환

1. 방인근이라는 꼬리표

방인근의 『소영웅』은 아직까지 학계에 보고되지 않은 새로 발굴된 소설이다. 일제강점기에 문단의 저명인사였던 방인근의 소설이라는 사실이 발굴의 가장 직접적인 계기로 작용했다. 말하자면, 『소영웅』이 아동소설이자 마크 트웨인의 『톰 소여의 모험』의 번안소설이라는 사실과 함께 방인근을 아동문학 작가로서 본격적으로 조명한 시도가 한 번도 없었다는 사실에 주목할 필요가 있다. 비록 번안이기는 해도 마크 트웨인의 대표작을 선구적으로 수용한 점 등을 고려하면 『소영웅』의 학술적 가치는 작지 않다.

그러나 『소영웅』에 대한 기대가 밝은 것만은 아니다. 이 까닭도 그 저자인 방인근에게 있다. 방인근이 누구인가? 그는 1899년에 충청남도 예산에서 태어나 일본 유학 후 문예지 『조선문단』(1924.10~1926.06, 통권 17호)의 편집자로서 20대 중반에 이미 문단에서 유명세를 탔던 인물이 아닌가. 방인근이 아니었다면 결코 탄생하지 못했을 『조선문단』은 『창조』나 『백조』와 같이 자족적·폐쇄적으로 운영되었던 문예동인지들과 정반대로 대중적·개방적인 성격을 지향한 문예였다. 당대 대표적인 문예비평가 중 한 사람이었던 임화가 "문예 저널리즘의 최초의 모뉴먼트"라고 고평했던 『조선문단』은 수많은 문청(文靑)의 등용문이 되었다.[1] 『조선문단』을 통해 최학송, 채만식, 박화성, 한설야, 계용묵, 안수길 등이 배출되었고, 「화수분」, 「B사감과 러브레터」, 「탈출기」, 「물레방아」, 「백치 아다다」와 같은 명작이 발표되었던 사실은 이미 잘 알려져 있다.

또한 방인근은 유명한 대중소설가이기도 했다. 1930년대에 주요 일간지에 연재되었던 『마도(魔都)의 향불』, 『방랑의 가인(歌人)』, 『쌍홍무(雙虹舞)』, 『새벽길』 등은 그에게 대중소설가로서의 명성을 안겨 준 작품이었다. 해방 이후에도 방인근은 『명일(明日)』(1947), 『청춘 야화(夜話)』(1949), 『인생극장』(1954), 『여인풍경』(1955), 『나비부인』(1964), 『처녀도시』(1964), 『남희의 일생』(1965) 등의 대중소설을 계속해서 발표했다. 그러면서 동시에 모리스 르블랑과 에밀 가보리오 등의 추리소설을 번역하는 한편, 『살인마』(1946), 『국보와 괴적』(1948), 『괴시체』(1948), 『원한의 복수』(1949), 『악마』(1949), 『대도와 보물』(1951), 『범죄왕』(1951) 등의 창작 추리소설을 발표함으로써 명탐정 장비호를 히트시키기도 했다. 1954년에 방인근은 '춘해(春海)'라는 자신의 호를 내건 영화사 춘해프로덕션을 설립해 영화계에 잠시 투신하기도 했지만, 대중소설을 향한 그의 열의는 1975년에 그가 죽음을 맞이할 때까지 조금도 식은 적이 없었다.

1) 임화, 「문예잡지론」, 『조선문학』 17, 1939.04, 103쪽.

한국문학사에서 방인근은 중·장편소설의 양적인 측면에서 춘원 이광수와 쌍벽을 이루는 작가였지만 문학사적인 평가는 이광수와 비교할 바가 못 되었다. 이를테면, 해방 이후에 김동인은 방인근을 다음과 같이 평가했다. "춘해의 『조선문단』은 조선 신문학사상 몰각할 수 없는 큰 공적을 남기었다. 춘해 자신은 우금(于今) 조선문학에 기여한 한 개의 작품도 만들지 못하였지만, 그의 창간한 『조선문단』이 문학사상 남긴 공적은 지대하였다."[2] 물론 김동인만 방인근을 그런 식으로 평가한 것이 아니었다. 당대에는 말할 것도 없고 지금까지도 그것이 방인근에 대한 주류적인 평가다. 방인근 자신도 그 점을 부정하지 않았다. 한국문학사에서는 방인근을 『조선문단』의 편집자로서 대우하고 기억해 왔을 뿐이다.

문제는 이런 통념이 방인근의 소설에 늘 꼬리표처럼 따라다닌다는 점이다. 혹시나 했는데 역시나 그렇다는 자조 섞인 고백을 방인근에게 조금이라도 관심을 가진 자라면 누구나 들어 봤거나 자기도 모르게 스스로 내뱉었을 것이다. 이것이 새로 발굴된 『소영웅』에 대한 기대를 미리부터 꺾어 버리는 최대 장애물이다. 다행히도 최근에 기존의 평가와 통념을 비판하며 방인근의 작품을 통해 한국문학의 대중성을 새롭게 이해하려는 시도가 조금씩 일어나고 있다. 그러나 여전히 소설가로서

2) 김동인, 「문단삼십년사」, 『김동인전집』 6, 삼중당, 1976, 40쪽

방인근의 면모는 그의 일부 추리소설과 함께 『마도의 향불』과 『방랑의 가인』 등에 한정되어 있다.

이광수가 자신의 아호 춘원의 '춘' 자를 돌림자 삼아 호를 지어 줬다는 말이 나올 정도로 이광수와 가까웠던 문인이자 그만큼이나 많은 소설을 써 낸 다작의 소설가, 『창조』의 동인이었던 전영택의 처남이자 초창기 신여성 가운데 한 명인 전유덕의 남편, 무엇보다 한국문학의 대중화에 누구보다 앞장선 인물이었던 방인근. 『조선문단』의 편집자라는 그늘에 가려져 작품 연보조차 아직 제대로 정리되지 않은 그가 남긴 소설 한 편이 새로 발굴되어 지금 우리 손에 주어졌다. 그에 대한 기존의 평가와 통념을 뒤로 한 채 『소영웅』을 읽는 것은 방인근을 새로 읽는 일이며, 동시에 한국의 대중문학을 새롭게 이해하는 일이 되어 줄 거라고 믿는다.

2. 『소영웅』의 등장과 관련된 몇 가지 사항

현재까지 조사된 바에 따르면, 『소영웅』의 초판본은 1938년 2월에 아이생활사에서, 재판본은 1954년에 1월에 문성당에서 발행되었다. 초판본에는 재판본에는 빠진, 당시 아이생활사 사장이었던 정인과(鄭仁果)의 서문이 실려 있다. 그 서문에서 정인과는 『소영웅』을 "소년 소녀 모험소설로서 1933년 『아이생활』 12월호부터 발표하기를 비롯하여 1935년 12월 만 2개년 동안 연재소설로 실렸던 것"이라고 소개했다.

　『소영웅』의 모체가 되었던 『아이생활』은 1926년 3월에 창간되어 1944년 1월에 폐간된 아동잡지로서 약 18년 동안의 발행 기간 중 결호가 없었다면 통권 215호가 발행된, 그야말로 한국 근대의 최장수 아동잡지였다.3) 『아이생활』은 조선야소교서회(현 대한기독교서회의 전신)와 조선주일학교연합회의 협력 아래 문서선교의 일환으로 창간되었다. 잡지의 원래 제호는 "아희생활"이었는데, 1930년 11월호부터 "아이생활"로 바뀌었다. 조금 전에 언급한 정인과는 평안남도 출신의 목회자로 1927년 9월호부터 『아이생활』의 편집을 맡았다.4)

　방인근이 『아이생활』에 『소영웅』을 연재했던 1930년대 전반기는 아동문학시장의 급성장기라고 해도 과언이 아닐 정도로 아동문학에 사회적인 관심이 집중되었던 때였다. 주지하고 있는 바와 같이 한국문학사에서 아동문학은 1920년대 중반

3) 발행 기간에 비해 실물을 접하기 어려운 까닭에 『아이생활』의 창간 및 종간 시점, 통권 호수에 대해서는 의견이 분분하다. 이 해제에서는 『아이생활』의 창간 및 종간 시점을 기존 연구 대부분이 인정하는 1926년 3월과 1944년 1월로 판단했다.
4) 『아이생활』에 대해서는 최명표의 「『아이생활』 연구」(『한국아동문학연구』 24, 한국아동문학학회, 2013)와 박영지의 「어린이 잡지 『아이생활』의 창간 주도 세력 연구」 (『아동청소년문학연구』 24, 한국아동청소년문학학회, 2019) 등을 참고했다.

무렵에 아동잡지들이 앞다투어 창간되면서 본격적으로 등장했다. 그 유명한 방정환의 『어린이』를 비롯하여 『신소년』, 『새벗』, 『별나라』 등이 『아이생활』과 더불어 1930년대 전반기 때까지 아동문학의 융성을 견인했다. 윤석중이 "1925년을 전후하여 우리나라에는 어린이잡지 홍수시대가 왔다"고 언급할 만큼[5] 그 무렵에 아동잡지가 대거 창간되었던 까닭은 그때가 '어린이'라는 개념의 본격적인 형성기였기 때문이다. 문화의 소비 주체이자 생산 주체로서 아동이 새롭게 발견되었던 것이다.[6]

여기에 잡지사들과는 비교할 수 없는 거대 출판기구였던 신문사가 가세함으로써 아동문학은 한층 더 탄력을 받고 융성하게 되었다. 경영의 안정을 어느 정도 다진 1920년대 중반 이후부터 동아일보사와 조선일보사, 매일신보사 등의 주요 신문사들 사이에서는 경쟁이 갈수록 치열해졌는데, 경쟁에서 우위를 차지하기 위해 신문사들은 신문의 증면(增面)을 계속해서 공격적으로 단행했다. 그 결과는 대체로 학예면을 강화하는 형태로 귀결되었다. 이 덕분에 학예면의 한 축이었던 아동란을 통해 수많은 동화 · 동요동시가 유통되었다. 일례로 『매일신

---

5) 윤석중, 『어린이와 한평생』, 범양사 출판부, 1985, 59쪽.
6) 이기훈, 「1920년대 '어린이'의 형성과 동화」, 『역사문제연구』 8, 역사문제연구소, 2002, 12~22쪽.

보』의 경우 동요동시 편수의 최대 절정기는 1930~1932년이었는데, 이 3년 동안에만 『매일신보』에 수록된 동요동시의 총 편수 4,152편 중 80% 이상에 해당하는 3,466편이 집중되었다.[7] 더구나 조선일보사가 1937년 4월에 아동잡지 『소년』을 창간한 일은 아동잡지시장의 주도권을 신문사가 장악한 사건과 다를 바 없었다. 두말할 필요도 없이 그것은 달아오를 대로 달아오른 아동문학시장을 독점하려는 조선일보사의 판단에 따른 결과였다.

1930년을 전후한 아동문학시장의 폭발적인 융성은 출판사·서점이 발행한 판매도서목록을 통해서도 확인할 수 있다. 일제강점기에 발매된 판매도서목록의 특징 중 하나는 출판사가 서점을 겸업하는 경우가 일반적이었기 때문에 판매도서목록의 발행 주체가 달라도 판매도서목록에 수록된 책 종수, 규모는 대동소이했다는 사실이다. 이 점을 염두에 두고 판매도서목록에 반영된 아동문학의 동향을 살펴보면, 출판사·서점이 1925년 무렵부터 아동문학을 좀 더 특별하게 취급하려고 했던 움직임을 확인할 수 있다. 왜냐하면, 판매도서목록의 책 분류표에서 아동문학을 가리키는 표지로서 "童話及童謠(동화 및 동요)"가 그때 처음 등장했기 때문이다. 그 표지 아래 수

7) 유석환, 「식민지시기 문학시장의 변동 양상의 분석을 위한 기초연구 (1): 매일신보사 편」, 『대동문화연구』 96, 성균관대학교 대동문화연구원, 2016, 231쪽.

록된 아동문학책의 종수를 살펴보면, 삼광서림(三光書林)에서 발행한 1925년판 판매도서목록에서는 4종, 박문서관(博文書館)의 1927년판에서는 13종, 영창서관(永昌書館), 한성도서주식회사(漢城圖書株式會社), 신구서림(新舊書林)의 1931년판에서는 각각 27종, 38종, 35종, 한성도서주식회사의 1935년판에서는 47종이었다. 보다시피 1930년을 전후한 시기에 아동문학책의 출판량이 급증했음을 확인할 수 있다.

이렇게 아동문학시장이 급격히 팽창해 갔던 그 시기에 방인근은『조선문단』의 판권을 남진우(南進祐)에게 넘긴 후 궁핍한 생계를 해결하기 위해『기독신보』의 기자로 근무하고 있었다.『기독신보』는 장로교와 감리교의 양대 교파가 연합하여 발행한 주간신문이었다. 1928년 말 혹은 1929년 초부터 1933년 7월까지로 추정되는 그의 근무 기간 동안 그는『기독신보』의 학예면을 담당하는 한편,『새 나라를 찾아서』,『혁명』,『무명조(無名鳥)의 노래』와 같은 중·장편의 종교소설을『기독신보』에 연재했다.8) 그러면서 동시에 방인근은 대중소설가로서 그의 출세작인『마도의 향불』을『동아일보』에 1932년 11월 5일부터 1933년 6월 12일까지, 그다음 장편소설인『방랑의 가인』을『매일신보』에 1933년 6월 10일부터 그해 11

8) 조경덕,「방인근의 기독교 소설 연구」,『우리어문연구』49, 우리어문학회, 2014, 519~522쪽.

월 17일까지 연재했다.

　요컨대,『소영웅』은 아동문학시장이 급격히 팽창하고, 방인근이 대중소설가로서의 명성을 본격적으로 날리기 시작했던 무렵에 집필된 아동소설이었다. 어려서부터 교회에 다녔고, 목사이자 소설가였던 전영택의 처남이었으며,『기독신보』의 기자였던 경력 등이 어우러진 결과『소영웅』을『아이생활』에 연재할 수 있는 기회를 방인근이 얻었던 것으로 보인다.

　『소영웅』을 집필하기 전까지 장편 아동소설을 써 본 적이 없었던 방인근은『소영웅』의 작품성 및 대중성을 확보하기 위해 마크 트웨인의『톰 소여의 모험』을 적극적으로 활용했다.『톰 소여의 모험』은 미국의 현대문학을 대표하는 소설 중 하나로서 1876년에 출간된 이래 지금까지 단 한 번도 절판된 적이 없는 세계적인 스테디셀러로 알려져 있다.『톰 소여의 모험』이 처음부터 그런 명성을 얻은 것은 아니었지만 방인근이 그 소설을 접했던 당시에는 미국 문학사의 고전으로 확실히 자리매김한 상황이었다. 현재로서는 방인근이『톰 소여의 모험』의 영문판 원본을 읽었는지에 대해서는 정확히 알 수 없다. 다만, 일본 유학파 출신이었던 그의 이력을 상기하면, 일본어 번역판을 통해『톰 소여의 모험』을 접했을 가능성이 훨씬 크다는 점만큼은 분명하다.

　『톰 소여의 모험』의 첫 일본어 번역판인『톰 소여 이야기(ト

ム・ソウヤー物語)』는 1919년에 세이카쇼인(精華書院)에서
기획한 "세계소년문학명작집"의 제1권으로 발행되었다.[9] 번
역자는 영문학자이자 일본 유머유설의 선구자로 잘 알려진 사
사키 쿠니(佐佐木邦, 1883~1964)였다.[10]『톰 소여의 모험』
의 후속작으로 1885년에 출판된『허클베리 핀의 모험』의 일
본어 번역판인『허클베리 이야기(ハックルベリー物語)』는
1921년에 "세계소년문학명작집" 19권으로 발행되었다. 번역
자는 똑같이 사사키 쿠니였다.『허클베리 이야기』의 초판이 발
행되었던 그 1921년에 일본의 책 시장에서는『톰 소여 이야
기』는 3판이 유통되고 있었다. 이후 사사키 쿠니는 1925년에
슌쥬샤(春秋社)를 통해『톰 소여의 모험』일역판을 다시 출판
했는데, 이때 제목을 원작과 똑같이『톰 소여의 모험(トム・ソ
ウヤーの冒險)』으로 정했다. 사사키 쿠니가 번역한『톰 소여
의 모험』은 1929년에 카이조샤(改造社)에서 발행한『마크 트
웨인 명작집(マーク・トウエーン名作集)』에『톰 소여(トム・
ソウヤー)』라는 제목으로 수록되었다. 이로써『톰 소여의 모

9) 참고로 세이카쇼인에서는 처음에 "세계소년문학명작집"의 발행 주체를 그 전담 조
직인 카테이요미모노칸코카이(家庭読物刊行会)로 명시했다가 1921년에 제18권을
발행하면서 세이카쇼인으로 바꿨다.
10) 佐佐木邦의『トム・ソウヤー物語』에 대해서는 林幸子,「日本におけるマーク・トウ
ェインのユーモアの受容:『トム・ソーヤの冒險』の翻訳を通して」,『埼玉県立大学紀要』
15, 埼玉県立大学, 2013 참조.

험』 일역판은 1920년대 내내 일본의 책 시장에서 유통될 수 있었다. 만약 방인근이 『톰 소여의 모험』을 일본어 번역판으로 봤다면, 그것은 1919년판(『톰 소여 이야기』)과 1925년판 (『톰 소여의 모험』), 1929년판(『톰 소여』) 중 하나일 것이다. 그 세 판본의 제목에 차이가 있고, 아마 출판을 거듭하면서 수정 작업을 거쳤을 가능성도 없지 않지만 그 세 판본 모두 완역 판이라는 점은 공통적이었다. 그런데 『소영웅』 재판본 서문에서 "마크 트웨인의 『톰 소여』에서 대부분 재료를 취한 것"이라는 방인근의 언급으로 미루어 보아 방인근이 읽었을 일본어 번역판은 그 세 판본 중 같은 제목을 가진 1929년판일 가능성이 조금 더 크다.

이상으로 『소영웅』의 탄생을 둘러싼 몇 가지 역사적 정황을 간단하게나마 살펴봤다. 이런 사항을 염두에 두고 이제 『소영웅』을 읽어 보자.

3. 『소영웅』의 구성과 『톰 소여의 모험』의 토착화

『소영웅』은 두 부분으로 구성되어 있다. 하나는 고향을 무대로 주인공 막동이의 삶을 그린 것이고, 나머지 다른 하나는 막동이가 고향을 떠나 상경한 이후 서울에서의 삶을 그린 것이다. 전자의 내용은 거의 전적으로 『톰 소여의 모험』에 의존해 있는 반면에, 후자의 내용은 완전히 창작된 것이다. 전자의 내용이 전체 분량의 4분의 3을 차지하고 있을 만큼 고향에서의 삶이 『소영웅』에서 중심적이다.

먼저 『톰 소여의 모험』에 기초하고 있는 『소영웅』의 전반부부터 살펴보자. 마크 트웨인은 톰 소여가 모험을 펼칠 무대로 미시시피강 변의 작은 마을 세인트피터즈버그를 가공해 냈다. 이와 마찬가지로 방인근도 강원도의 어느 마을을 막동이가 모험을 펼칠 무대로 설정했다. 『소영웅』에서 그곳은 금강산에서 가장 가까운 항구로 유명한 장전항에서 20~30리(8~12km) 정도 떨어진 곳으로서 "금강산 줄기를 타고 내려온 아름다운 산 밑" 동네로 묘사되고 있다.

한편, 서사의 시간을 살펴보면 『소영웅』의 전반부에서는 소학교 졸업 전 1년간을, 후반부에서는 주인공의 고등보통학교 입학 후 2년간을 다루고 있다. 소학교는 대체로 만 8세부터 15세까지를 학령(學齡)으로 하는 근대적 초등교육기관이고, 고등보통학교는 중등교육기관이었다. 소학교는 1895년에 반포된 소학교령에 의해, 고등보통학교는 1911년에 공포된 조선교육령에 의해 설치되었다. 그런데 그중 소학교는 일제의 통감부에 의해 1906년에 보통학교로 그 이름이 바뀌었다. 소학교라는 호칭이 다시 사용된 때는 제3차 조선교육령이 공포된 1938년부터였다. 하지만 그것도 몇 년 안 가 소학교는 1941년에 국민학교로 개편되었다. 국민학교는 반세기가 지난 1996년에 지금의 초등학교로 바뀌었다. 소학교라는 호칭이 사용된 점으로 미루어 보아『소영웅』재판본의 시대적 배경은 초판본이 발행된 시기(1938년)인 1930년대 후반의 식민지 조선임을 알 수 있다.[11)]

방인근은『소영웅』의 주요 인물도『톰 소여의 모험』을 바탕으로 창조했다. '톰 소여(토마스 소여)'는 '막동이(최막동)'로, 그의 절친한 친구 '허클베리 핀'은 '유돌이'로 바뀌었다. 소설의 히로인인 '베키 제프(레베카 제프)'는 '옥순이(김옥순)'가 되었고, 톰 소여가 베키보다 먼저 좋아했던 여자친구 '에이미 로런스'는 '복례'가 되었다. 톰 소여와 의기투합했던 또 다른 동네 친구이자 모험의 핵심 멤버였던 '조 하퍼'는 '명호'로 탈바꿈했다. 아울러 톰 소여는 '폴리' 이모의 집에서 이복남동생 '시드'와 사촌 누나 '메리', 흑인 노예소년 '짐'과 함께 살았지만, 막동이는 나이 많은 친할머니 품에서 여동생 '이쁜이'와 함께 살았던 점도 원작 인물들과의 대응 관계에서 눈여겨볼 대목이다.

『톰 소여의 모험』을 한 번이라도 읽어 본 독자라면『소영웅』

---

11) 시대적 배경의 단서로서 소학교라는 호칭이『소영웅』의 연재본(1933~1935년)에서는 어떻게 사용되는지 확인할 필요가 있다.

의 첫 페이지를 넘기는 순간『톰 소여의 모험』을 금세 떠올릴 것이다. 톰의 이름을 연달아 부르지만 찾아낸 것은 고양이뿐인 안경 쓴 노부인, 결국에는 찾아낸 톰에게 또다시 속아 넘어간 그 노부인의 순진한 모습을 통해 톰 소여의 성격과 향후 소설의 내용을 예고하는『톰 소여의 모험』의 도입부가『소영웅』에서도 그대로 재현되고 있기 때문이다. 물론 방인근이 톰 소여의 각종 모험을 막동이의 삶에 다 반영했던 것은 아니었다. 방인근이『소영웅』전체 분량의 4분의 3이나『톰 소여의 모험』의 번안에 할애했다고는 하지만『톰 소여의 모험』의 분량 자체가『소영웅』전체 분량을 훨씬 상회하고 있기 때문이다. 그래도 소설의 골격을 이루는 주요한 사건을 방인근은 빠뜨리지 않았다. 위에서 언급한 그 도입부를 비롯하여 남녀 주인공의 만남, 꾀병을 부리다 이를 뺀 일, 주인공을 비롯한 세 소년의 실종과 장례 준비, 남녀 주인공의 갈등과 화해, 살인사건, 동굴에서 미아가 된 남녀 주인공, 보물찾기 등과 같은 사건들이『소영웅』에서도 반복되고 있기 때문이다.

당연히 방인근은 그 사건들을 앵무새처럼『소영웅』에 그대로 읊조리기만 하지 않고 나름대로 변형을 꾀했다. 원작의 수준을 넘어서서『소영웅』에 기독교적인 내용을 한층 더 적극적으로 반영한 것이 그런 것이었다. 엄청난 분량의 성경 구절을 암송한 아이에게만 주는 성경을 톰 소여가 기막힌 방법으로 탔을 때 예수님의 첫 제자를 다윗과 골리앗이라고 대답했던 그의 일화에 방인근은 소돔과 고모라를 부부라고 말하는 막동이의 실수를 더했다. 교회 예배 풍경과 마을의 중추 기관으로서 교회의 위상을 보여 주는 것에 그치지 않고『소영웅』후반부에서 막동이를 아예 기독교적인 인물로 성장시켰던 일도 마찬가지다.

이와 같은 원작과의 차이는 처음부터 방인근이 번역이 아니라 번안을 선택한 데서 이미 예고된 것이었다. 즉『톰 소여의 모험』에 채색된, 19세기 후반의 미국적 토속성은『소영웅』에서 1930년대 후반의 한국적 토속성으로 완벽하게 전환되었다. 방인근은 소설의 도입부에서부터 톰 소여가 폴리 이모 몰래 '잼'을 먹었던 것을 막동이가 할머니 몰래 '볶은 고추장'을 먹었던 것으로 바꾸어 놓았다. 이렇게 자잘한 것에서부터 한국적 토속성의 묘사에 유난히 신경을 썼던 방인근의 노력은 막동이의 고향인 강원도 마을의 풍경을 묘사하는 데서 정점을 이루었다.

봄은 산에서부터 기어 내려온다. 산골짜기에 있던 눈과 얼음이 다 녹아서 물이 되어 가지고 콸콸 흘러 내려온다. 그리고 숲속에 웅크리고 있던 아름다운 새들도 날개를 펴고 나온다. 또 봄은 시냇가에서부터 시작한다. 시냇가에 늘어진 버드나무가 파릇파릇 움이 터서 방긋 웃는 듯하다. 그리고 시냇가에는 겨울에 하지 못한 빨래를 하느라고 부인네, 새악시들이 나와서 방망이질을 한다. 오리들도, 고기들도 기운차게 헤엄친다.

　또 봄은 들에서부터 시작한다. 끝없는 벌판을 내다보면 아지랑이가 가물가물하는데 풀과 꽃이 수를 놓은 듯하고 각색 나비들이 펄펄 날며 춤을 춘다. 농부들은 써를 뿌리고 울긋불긋한 저고리와 치마를 입은 처녀들은 나물을 캐느라고 밭이랑과 논두둑에서 앉은걸음을 친다.

계절의 변화에 따른 마을 사람들의 삶을 묘사한 이 장면은 막동이의 고향을 한눈에 보여 주는 그림과 다름없다. 특히 "봄은 산에서부터 기어 내려온다"는 첫 문장이 압권이다. 이런 풍경 묘사는 미시시피강 변에 위치해 있었던 톰 소여의 고향인 세인트피터즈버그에서는 상상조차 할 수 없는 것이었다. 물론 마크 트웨인이 『톰 소여의 모험』 곳곳에서 세인트피터즈버그의 풍경을 그림처럼 묘사하지 않았다면, 방인근이 『소영웅』에서 막동이의 고향을 그렇게 아름답게 묘사하지 못했을 수도 있다. 그러나 토속성을 한껏 살리면서 당시 한국의 자연 경관과 마을 사람들의 삶을 원작만큼이나 뛰어나게 묘사한 것은 누구도 부인 못 할 방인근의 솜씨다.

　이와 같은 한국적 토속성은 방인근의 창작을 통해서 한층 더 강화되었다. 가을 어느 날 감을 주우러 갔다가 밤나무 숲으로 밤 서리를 나섰던 막동이와 유돌이, 한창 밤 서리를 하다가 그 밤나무 숲의 주인인 "관 쓴 영감쟁이"에게 쫓겨 헐레벌떡 달아났던 일이라든지, 추석날 옥순이가 막동이에게 자기의 마음을 전하려고 정성껏 빚은 송편을 주었던 장면을 읽고 공감하지 못할 독자가 몇이나 될까? 학교 가을운동회의 꽃이었던 경주에서 마치 다윗과 골리앗의 대결처럼 막동이가 강력한 우승 후보였던 수복이를 막판에 제치고 우승했던 장면을 보고 있노라면 누구나 지난날의 운동회에 대한 추억이 아련히 떠오를 것이다. 요컨대, 번안과 창작의 조화 속에서 만개한 토속성을 통해『소영웅』은『톰 소여의 모험』에서 벗어나 자신만의 아우라(aura)를 발할 수 있는 기회를 얻게 되었다.

이때 주의할 사실은 번안과 창작의 조화에 의해서만『소영웅』과『톰 소여의 모험』간의 차이가 두드러진 것은 아니라는 점이다. 그것만큼이나 혹은 그 이상으로『소영웅』의 서사 구조에 큰 영향을 미쳤던 요인이 있었는데, 바로 식민지라는 역사적 현실이었다. 이 식민지라는 현실에서 비롯된 압력은 번안과 창작의 방향성을 결정했다는 점에서 매우 중요하다.『소영웅』의 전반부에서 그 압력의 흔적을 가장 잘 보여 주는 것이 살인사건과 관련된 일련의 모험담이었다. 이는 막동이의 전체 모험담에서 핵심을 차지했는데, 이 점은『톰 소여의 모험』에서도 똑같았다. 그에 대한 원작의 내용을 간단히 소개하면 다음과 같다.

우연찮게 톰 소여와 허클베리 핀은 공동묘지에서 인전(인디언의 비하어) 조가 로빈슨 의사를 죽인 뒤 머프 포터 영감에게 누명을 씌운 것을 목격하게 된다. 둘은 인전 조의 복수가 두려워 발설하지 않기로 맹세하지만 톰 소여는 맹세를 깨고 법정에서 증인으로 나서 포터 영감을 구한다. 이후 톰 소여는 소풍 간 동굴에서 베키와 함께 미아가 되지만 그곳에서 인전 조와 유령의 집에 숨겨져 있었던 금화 상자를 발견한다. 톰 소여와 베키는 동굴에서 탈출하고, 인전 조는 동굴에 갇혀 굶어 죽는다. 금화 상자는 톰 소여와 허클베리 핀의 차지가 되고, 둘은 마을의 영웅이자 벼락부자가 된다.

이와 같은 얼개를 『소영웅』에서도 그대로 유지했다. 다만 몇 가지 지점에서 원작과 차이를 보이는데, 그 차이의 핵심은 범죄 사건의 처리 과정이 완전히 빠져 있다는 점이다. 원작과 똑같이 살인사건이 발생하지만, 『소영웅』에서는 그로 인해 마을에 일대 소동이 일어났다는 언급만 나올 뿐 범죄 사건과 관련하여 그 어떤 사법적 조치도 구체적으로 묘사되지 않는다. 그 결과 유돌이와 함께 살인사건의 목격자였던 막동이가 법정에 설 일도 불필요해졌다. 나중에 살인사건의 범인이 동굴에서 의문사해 범죄 사건은 결국 흐지부지 정리될 뿐이다. 이는 베키의 아버지가 마을의 치안판사로 등장했던 원작과 다르게 『소영웅』에서는 옥순이의 아버지가 군수로 설정된 것과도 무관하지 않다.

『소영웅』에서 사법적인 내용이 철저하게 배제된 까닭은 여러 가지겠지만 그중 가장 중요한 이유는 일제에 의해 당시 한국인이 사법권에서 소외되어 있었다는 사실이다.『소영웅』의 초판본이 출판되었던 때에 발표된 채만식의『태평천하』가 여지없이 보여 줬듯이 일제강점기 내내 한국인은 일제가 장악한 사법권의 객체였지 주체가 되었던 점은 단 한순간도 없었다. 따라서 사법권의 발동은 필연적으로 일제의 노출을 수반하기 때문에 굳이 사법권을 발동시켜 독자에게 식민지라는 암울한 현실을 환기할 필요는 없었다. 더구나 일제에 의해 범죄 사건이 해결됨으로써 그 법적 정당성이 드러나게 되는 일은 마치 식민지라는 현실을 용인하는 것과 다를 바 없는 것이기 때문에 그것은 피해야 할 일이기도 했다. 일제강점기에 발표된 수많은 소설 중 염상섭의 소설과 같은 예외적인 일부를 제외한 나머지 대다수의 소설과 똑같이『소영웅』도 서사 내에서 일본인의 노출을 극히 꺼렸다. 그 결과『소영웅』은 식민지라는 현실이 가급적 은폐되고, 그만큼 순수한 동심과 낭만성이 원작보다 더 지배적인 소설이 되었다. 이는 문제아의 대명사였던 톰 소여와 허클베리 핀을 통해 기성세대의 허위와 이중성, 인종차별 및 빈부격차와 같은 각종 사회문제를 폭로하고자 했던 마크 트웨인의 의도와 차이를 보이는 것이었다.

4. 식민지라는 현실과 식민지 소년의 성장

마크 트웨인은 『톰 소여의 모험』을 마치며 다음과 같이 말한 적이 있었다.

> 이 연대기는 이렇게 끝난다. 이것은 엄격히 말해 한 소년의 이야기이기 때문에 여기서 마쳐야 한다. 이야기가 계속되면 어른의 이야기가 된다. 성인에 관한 소설을 쓰는 사람은 정확히 어디에서 이야기를 끝내야 하는지 알고 있다. 즉 결혼하는 데서 끝내면 된다. 그러나 어린아이들에게 관한 소설을 쓰는 사람은 가장 적절하다고 생각되는 곳에서 끝을 내야 한다.[12]

이런 이유 때문에 마크 트웨인은 톰 소여가 벼락부자가 된 지점에서 그의 모험담을 마칠 수밖에 없었다. 각종 모험을 통한 톰의 성장, 특히 그가 정신적으로 성숙해지는 일을 마크 트웨인은 막을 수가 없었다. 이를테면, 톰 소여는 더글러스 과부댁에서 한 달도 못 버티고 뛰쳐나온 자신의 절친한 친구 허클베

12) 마크 트웨인, 이덕형 역, 『톰 소여의 모험』, 문예출판사, 2010, 375쪽.

리 핀을, 자신은 결코 포기할 수 없었던 부와 명예를 가볍게 포
기한 그 헉을 이해하지 못하는 인물이 되고 말았다.

　"모든 것이 다 지독하게 규칙적이어서 정말 견딜 수가 없어."
　"헉, 누구나 그렇게 하고 있어."
　"톰, 남들이 그러는 것은 나랑 상관없어. 나는 남들이 아니잖
아."[13]

결국 마크 트웨인은『톰 소여의 모험』의 후속작 주인공으로 사
회화에 성공한 톰 소여 대신 상대적으로 그러지 못했던 허클베
리 핀을 선택해『허클베리 핀의 모험』을 써야 했다.
　방인근이『허클베리 핀의 모험』까지 읽었는지는 확실히 알
수 없다. 그러나 적어도 분명한 사실은 방인근의 입장에서 허
클베리 핀과 같은 인물을 주인공으로 내세우기는 상당히 무리
였다는 점이다. 마크 트웨인이 잘 보여 준 것처럼 허클베리 핀
은 반체제적인 인물의 전형이기 때문이다. 중일전쟁(1937년
발발)을 전후로 점점 강고해져 간 이른바 일본적 파시즘기에
허클베리 핀과 같은 인물을 앞세우는 것은 방인근에게 큰 부담
이 되지 않을 수가 없었다. 그래서『소영웅』의 내용이 진행될
수록 원작과 다르게 허클베리 핀의 분신인 유돌이의 존재감이

13) 마크 트웨인, 이덕형 역,『톰 소여의 모험』, 문예출판사, 2010, 370~371쪽.

최소화되고, 톰 소여의 분신인 막동이의 존재감이 극대화되었던 것이다. 『소영웅』의 후반부가 『톰 소여의 모험』의 후속작에 해당함에도 불구하고, 그 후반부에서 『허클베리 핀의 모험』과 다르게 유돌이 대신 막동이가 주인공의 지위를 계속 유지했던 까닭도 그 때문이다.

이렇게 막동이가 『소영웅』의 중심에 계속 위치함으로써 마크 트웨인이 어떻게든 피하고 싶어 했던 "어른의 이야기"가 불가피해졌다. 방인근은 막동이의 성장 과정을 본격적으로 쓰기 위해 유돌이를 적극적으로 활용했다. '뉘 집에서 얹혀서 지내는 거지 같은 아이'이자 '나쁜 아이'로 낙인찍혔던 유돌이가 막동이의 집안을 책임짐으로써 막동이는 집 밖으로, 특히 시골에서 도시로 떠날 수 있게 되었다. 이것이 『소영웅』의 대전환, 곧 번안에서 창작으로 완전히 이행할 수 있었던 결정적 계기였다.

삶의 로드맵이 대체로 결정되어 있는 중세적 사회와 다르게 삶의 불확실성이 더할 나위 없이 가중되는 근대 자본주의사회, 이런 사회에 진입·적응하는 시행착오의 과정에서 피할 수 없는 온갖 불안과 번민, 고뇌와 그에 따른 성장, 요컨대, 젊음을 희생하여 성숙을 획득하는 삶의 구조가 그 어느 소설보다 더 뚜렷하게 드러나는 것이 이른바 근대적 교양소설에 대한 우리의 상식이다. 『소영웅』의 후반부, 특히 이제 막 소학교를 졸업한 촌뜨기 소년 막동이가 한껏 부푼 꿈을 품고 한반도에서 가장 자본주의적인 도시였던 경성(서울)으로 향하는 여정에서 그런 교양소설의 서사를 기대하는 것은 결코 무리가 아니다.

그러나 『소영웅』의 후반부는 근대적 교양소설의 서사가 될 수는 없었다. 막동이는 분명 그런 서사를 보여 줄 수 있는 거의 모든 조건을 갖춘 최적의 인물이었지만, 단 한 가지의 자질 때문에 교양소설의 주인공으로서 자격 미달이었다. 그것은 바로 그가 타고난 영웅이었다는 사실이다. 즉 막동이는 서사시의 주인공이 될 수는 있을지언정 교양소설의 주인공은 무리였다. 두려움을 이겨 내는 데 남다른 일가견이 있었던 막동이의 영웅적 면모는 이미 『소영웅』 전반부 곳곳에서 확인된다. 특히 옥순이와의 에피소드에서 막동이의 그런 면모는 한층 더 두드러졌다. 막동이가 옥순이를 대신해서 벌을 받을 때 그 "용감한 소영웅의 얼굴에는 조금도 무서움이 없었"던 점은 말할 것도 없고, 옥순이와 함께 동굴에서 미아가 되었을 때 그 소년·소녀가 살아날 수 있었던 유일한 이유도 "그의 영웅적 기개" 때문이었다. 막동이의 영웅화 혹은 잠재되어 있었던 그의 영웅적 기질을 드러내는 것이 방인근이 번안 과정에서 가장 힘을 기울인 부분이었다. 이것이 영웅이라는 말이 『소영웅』에서, 특히 그 전반부에서 자주 반복되었던 까닭이다.

요컨대, 『소영웅』의 후반부는 막동이의 또 다른 영웅적 행보에 불과하다. 시골에서 도시로 공간이 바뀌면서 생겨난 새로

운 역경들을 묵묵히 감당하고 이겨 내는 과정은 있어도 그의 내면이 성숙하는 과정은 『소영웅』의 후반부에서 거의 찾아보기 어렵다. 왜냐하면, 막동이는 도시로 출발하기 전에 이미 영혼이 성숙한 영웅이 되어 있었기 때문이다. 다시 말해 다음과 같은 성장의 귀결은 막동이가 고향을 떠날 때부터 예정되어 있었던 셈이다.

2년 후다.

막동이는 점점 유명해졌다. 학교에서도 천여 명 학생 중 막동이를 모르는 학생이 없었다. 그 학생들은 막동이를 숭배하게 되었다. 막동이는 모든 학생 중에서 뛰어났다. 그가 하는 행동도 그러하거니와 웬일인지 막동이의 이상한 기운이 모든 사람을 꾹 눌렀다. 막동이 반에서도 막동이를 반장으로 추대하고 그의 말이라면 신임하였다. 선생님들까지도 막동이를 사랑하고 또 무서워하였다. 막동이가 하는 일은 모두가 특별하였기 때문이다. 또 그는 엄청나게 부지런하였다. 하루에 한시도 쉬지 않고 일을 하고 공부하였다. 학교 성적도 늘 우등이고 운동에도 선수였다. 그리고 학교 청년회 일이나 예배당의 일이나 무엇이나 발을 벗고 열심으로 하였다. 그래서 나이는 어리지마는 모든 일에 주장이 되고 지도자가 되었다.

서사시 말고 이러한 귀결을 가장 잘 보여 주는 서사 중 하나는 주지하고 있는 바와 같이 동화다. 방인근이 『소영웅』의 독자로 어른을 전혀 고려하고 있지 않다는 점은 분명한 사실이다. 동화의 독자와 크게 다르지 않게 소년·소녀를 독자로 설정하고 있다는 점에서 『소영웅』이 일종의 영웅서사와 같은 모습을 보이는 것은 당연한 일일지도 모른다. 그러나 『소영웅』은 동화가 아니다. 방인근은 물론이고 『소영웅』 초판본의 서문을 쓴 정인과도 『소영웅』을 소설이라고 말했기 때문만은 아니다. 만약 『소영웅』이 동화였다면, 막동이는 경성에서 옥순이의 고모부 재산을 물려받고, 옥순이와 결혼해 행복하게 살았다는 식으로 결말을 맺는 것이 자연스러울 것이다. 그러나 방인근은 뜬금없이 『소영웅』의 등장인물 모두가 한결같이 반대하는 미국행을 막동이가 선택하도록 했다. 그것도 아직 고등보통학교조차 졸업하지 않은 어린 막동이에게 말이다. 왜 그랬을까? 막동이가 남다른 영웅이라서 그랬을까?

　방인근의 의도는 정확히 알 수 없지만, 적어도 고려하지 않으면 안 되는 한 가지 사항은 분명하다. 바로 식민지라는 현실이다. 동화와 같은 결말, 그러니까 일제의 통치가 가장 고도화된 경성에서 사회화에 성공했다는 것은 전형적인 친일 인물임을 암시하는 것과 다를 바 없다. 그렇다고 사회화에 실패하는 인물을 그릴 수도 없다. 왜냐하면, 그것은 막동이라는 인물의 영웅적 성격과 그에 기반한 『소영웅』의 메시지 전체를 무너뜨리는 일이기 때문이다.

요컨대, 식민지라는 현실에서 일제가 추구하는 인물상과 민족이 추구하는 인물상의 충돌을 방인근은 고민하지 않을 수가 없었다. 미국으로의 조기유학은 그런 딜레마를 해결하기 위한 방편이 아니었을까? 어쩌면 그것은 식민지라는 현실에서 벗어나 교양소설에서 말하는 성공적인 사회화를 드디어 보여 줄 수 있는 필연적인 선택이었을 수도 있다. 『소영웅』의 서문에서 한편으로는 "하늘과 땅은 아름답습니다. 이 세상은 즐겁습니다"라고 강조했던 방인근이 다른 한편으로는 『소영웅』의 독자들을 향해 "여러분은 침울한 이 강산의 꽃입니다. 거친 이 땅을 개척할 용사입니다"라고 말했던 데서 방인근의 그러한 고뇌를 느낄 수 있다.

5. 방인근에 대한 문학사적인 재평가를 위하여

한국문학사에서 방인근은 새롭게 검토·평가되어야 할 대표적인 작가 중 한 사람이다. 그에게 처음으로 명성을 안겨 준 『조선문단』의 기획 때부터 눈을 감을 때까지 그가 힘을 다했던 것은 한국문학의 대중화였다. 그런 점에서 작가로서 그는 외곬 인생을 살았다. 주의해야 할 사실은 그의 그런 외곬 인생이 한국 근현대의 격동기 전체에 걸쳐 있다는 것이다. 더구나 그는 이광수와 같이 쉬지 않고 글을 써서 그만큼이나 많은 소설을 남긴 작가였다. 1920~30년대의 근대 대중문학의 형성기뿐만 아니라 일제 말기, 해방공간, 대한민국의 건국, 한국전쟁, 4·19혁명, 본격적인 고도성장기 등 한국 근현대 전체를 문학의 대중성이라는 키워드를 통해 보려고 할 때 방인근보다 더나은 작가가 과연 몇이나 될까?

이제 우리는 방인근을 기존의 문학사적인 평가대로 『조선문단』의 편집자로만 기억해서는 곤란하다. 그렇다고 작가로서의 방인근을 『마도의 향불』이나 『방랑의 가인』 등을 쓴 대중소설가나 탐정 장비호를 창조한 추리소설가로 한정해서도 곤란하다. 사실 그런 일면적인 평가는 이른바 문학사의 정전의 주변에 존재해 온, 정전과는 비교할 수 없는 규모를 자랑하는 소설들, 동시에 정전과는 비교할 수 없는 영향력을 우리 영혼에 일상적으로 끼쳐 온 그 소설들의 진정한 역사적 의미를 제대로 이해할 준비가 아직 되어 있지 않다는 증거일 뿐이다.

방인근은 죽기 몇 해 전에 이런 말을 한 적이 있었다. "기쿠치 간한테 홀려 가지고 대중문학의 길을 걸어오는 동안 80편이나 되는 장편을 냄으로써 일세의 문호 춘원을 능가하는 작품량을 과시하기도 했으나 누구 있어 내 작품을 평가해 주리오."[14] 그 방인근이 남긴 소설들 중 하나인『소영웅』은 아직까지 제대로 검토해 본 적 없는 아동문학가로서의 방인근의 면모를 상상할 수 있게 해 주는 자료이다. 특히『소영웅』은 식민지라는 현실에서 성장한다는 것이 얼마나 어려운지를 잘 보여 주는 소설이기도 하다. 번안작임에도 불구하고『소영웅』에서 서사의 불균형·부조화·어색함이 발견되는 까닭은 한편으로는 그의 작가로서의 역량 문제도 있었겠지만, 다른 한편으로는 그런 현실적인 문제도 있었음을 잊지 말아야 한다.

지금 이 순간에도『소영웅』처럼 대중소설가로서의 방인근을 새롭게 상상해 볼 수 있는 그의 또 다른 소설들이 누군가의 손에 의해 발굴될 날을 기다리고 있을지도 모른다. 그만큼 방인근은 새롭게 검토될 가능성이 많은 소설가이다.『소영웅』과 함께 이 해제를 읽은 당신이 방인근의 또 다른 소설들을 찾아 읽어 가며 그런 발견의 기쁨을 먼저 누려 보지 않겠는가.

14) 방인근,「이 지우개 없는 인생을」,『세대』, 1972.08, 382쪽(조경덕,「방인근의 기독교 소설 연구」,『우리어문연구』49, 우리어문학회, 2014, 516쪽에서 재인용).

경성역

최초의 철도 경인선

경성 북촌

경성 남촌의 혼마치(현재 충무로)

일제강점기 남대문

조선은행과 경성우편국(각각 사진 양끝. 중앙의 건물은 조선상업은행 본점)

View of Keijo.

경성고등보통학교 화학실습시간

조선총독부

경성일보사

동아일보사

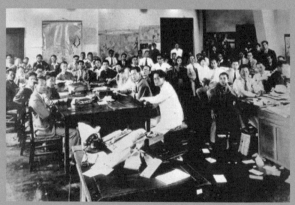

조선일보사 편집실

구세군 자선냄비

구세군 중앙회관

한국근대대중문학총서 기획편집위원

김동식(인하대 교수)
문한별(선문대 교수)
박진영(성균관대 교수)
천정환(성균관대 교수)
윤민주(한국근대문학관 학예연구사)
함태영(한국근대문학관 학예연구사)

책임편집 및 해설

유석환(전남대 학술연구교수)

한국근대대중문학총서 틈 02

소영웅

제1판 1쇄   2020년 11월 16일

지은이   방인근
발행인   홍성택
기획   인천문화재단 한국근대문학관
편집   김유진
디자인   박선주
마케팅   김영란
인쇄제작   새한문화사

㈜홍시커뮤니케이션
서울시 강남구 선릉로103길 14, 202호
T. 82-2-6916-4403 F. 82-2-6916-4478
editor@hongdesign.com hongc.kr

ISBN   979-11-86198-66-7 03810

이 도서의 국립중앙도서관 출판예정도서목록(CIP)은
서지정보유통지원시스템 홈페이지(http://seoji.nl.go.kr)와
국가자료종합목록 구축시스템(http://kolis-net.nl.go.kr)에서
이용하실 수 있습니다. (CIP제어번호 : CIP2020044876)